HÉSIODE ÉDITIONS

BARBEY D'AUREVILLY

Du Dandysme et de Georges Brummell

© Hésiode éditions.

1 rue Honoré - 93500 Pantin.
ISBN 978-2-493135-45-2
Dépôt légal : Septembre 2022

Impression Books on Demand GmbH

In de Tarpen 42
22848 Norderstedt, Allemagne

Du Dandysme et de Georges Brummell

Mon cher Daly,

Il y a dix-sept ans que je vous écrivais :

« Pendant que vous voyagez, mon cher Daly, et que le souvenir de vos amis ne sait où vous prendre, voici quelque chose (je n'ose pas dire un livre) qui vous attendra à votre seuil. C'est la statuette d'un homme qui ne mérite guère que d'être représenté en statuette : curiosité de mœurs et d'histoire, bonne à mettre sur l'étagère de votre cabinet de travail.

« Brummell n'appartient pas à l'histoire politique de l'Angleterre. Il y a touché par ses liaisons ; mais il n'y entre pas. Sa place est dans une histoire plus haute, plus générale et plus difficile à écrire, — l'histoire des mœurs anglaises, – car l'histoire politique ne contient pas toutes les nuances sociales, or toutes doivent être étudiées. Brummell a été l'expression d'une de ces tendances ; autrement son action serait inexplicable. La décrire, la creuser, montrer que cette influence n'était pas seulement à fleur de terre, pourrait être le sujet d'un livre que Beyle (Stendhal) a oublié d'écrire et qui eût tenté Montesquieu.

« Malheureusement je ne suis ni Montesquieu ni Beyle, ni aigle ni lynx ; mais j'ai tâché pourtant de voir clair dans ce que beaucoup de gens, sans doute, n'eussent pas daigné expliquer. Ce que j'ai vu, je vous l'offre, mon cher Daly. Vous qui sentez la grâce comme une femme et comme un artiste, et qui, comme un penseur, vous rendez compte de son empire, j'aime à vous dédier cette étude sur un homme qui tira sa célébrité de son élégance. Je l'aurais faite sur un homme qui eût tiré la sienne de la force de sa raison, que, grâce à la richesse de vos facultés, j'aurais eu bon air de vous la dédier encore.

« Acceptez donc ceci comme une marque d'amitié et un souvenir des jours plus heureux que les jours actuels, où je vous voyais davantage.

« Votre dévoué.
« J.-A. Barbey d'Aurevilly.
« Passy, villa Beauséjour,
19 septembre 1844. »

Eh bien ! mon ami, cette dédicace, d'il y a dix-sept ans, je n'en changerai pas un seul mot aujourd'hui, et c'est la première fois que dix-sept ans n'auront rien changé à quelque chose !

Qu'elle reste tout entière ici, comme l'amitié dont elle fut l'expression et qui est restée immuable en nous, sans vide et sans nuage ! Je n'ai pas toujours été aussi heureux qu'avec vous, colonne debout dans mes ruines ! Dix-sept ans ! Vous savez comme ce misérable Tacite, toujours insupportable parce qu'il est vrai toujours, appelle ce long espace de jours, dont il eût peut-être valu mieux se taire, si, dans la tristesse d'avoir vécu, je n'avais pas du moins cette joie, mon cher Daly, de pouvoir dire que je suis identiquement pour vous ce que j'étais il y a déjà tant d'années, et, puisque tout est fatuité en ce livre, de m'y vanter de mes sentiments immortels !

J.-A. Barbey d'Aurevilly.
Paris, 29 septembre 1861.

PRÉFACE
DE LA SECONDE ÉDITION.

C'est à peine une seconde édition que ce livre. Tiré à quelques exemplaires, il fut donné, il y a plusieurs années, de la main à la main, à quelques personnes, et cette espèce de publicité intime et mystérieuse lui porta bonheur. La grande, qu'on ose aujourd'hui, lui sera-t-elle aussi favorable ?... Le bruit, cette chose légère, est comme les femmes : il vient quand on a l'air de fuir. Dans ce diable de monde, peut-être que le meilleur moyen de se faire du succès serait d'organiser des indiscrétions.

Mais l'auteur n'avait pas tant de profondeur quand il publia cette babiole. Alors il se préoccupait assez peu de choses et de bruit littéraires. Ah ! bien oui ! il avait d'autres toilettes à faire que celle de sa pensée, et d'autres soucis que d'être lu ! les soucis de ce temps-là, du reste, il s'en moque très bien aujourd'hui, car voilà la vie. N'est-elle pas toute dans cet échange, qui recommence toujours, d'un souci contre une moquerie ?... L'auteur du Dandysme et de George Brummell n'était pas un Dandy (et la lecture de ce livre montrera suffisamment pourquoi), mais il était à cette époque de la jeunesse qui faisait dire à Lord Byron, avec sa mélancolique ironie : « Quand j'étais un beau aux cheveux bouclés... ; » et, à ce moment-là, la gloire elle-même ne pèserait pas une de ces boucles ! Il écrivit donc sans prétention d'auteur, – il en avait d'autres, soyez tranquille ! le diable n'y perdait rien, – ce tout petit livre, uniquement pour se faire plaisir à lui-même et aux trente personnes, ces amis inconnus, dont on n'est pas très sûr, et qu'on ne peut guère, sans fatuité, se vanter d'avoir à Paris. Comme il n'en manquait pas (de fatuité), il crut les avoir, et de fait il les eut. Qu'on lui permette de le dire, car il est devenu modeste, il eut sa trentaine de lecteurs pour sa trentaine d'exemplaires. Ce ne fut pas le Combat, mais la sympathie des Trente !

Si le livre en question avait été sur quelque grande chose ou sur quelque grand homme, pas de doute qu'il n'eût sombré net, avec ses quelques exemplaires, dans ce silence de l'inattention, qui est dû et toujours payé à ce qui est grand par ce qui est petit, mais il était sur un homme frivole et qui avait passé pour le type le plus accompli de la frivolité élégante, dans une société difficile. Or tout le monde, dans le monde, se croit ou veut être élégant... Ceux mêmes qui y ont renoncé veulent au moins s'y connaître, et voilà pourquoi il fut lu. Des sots, que je ne nommerai pas, se vantèrent de l'avoir compris. Moi, j'affirme à mon éditeur qu'ils l'achèteront. Fatuité de partout ! La fatuité, qui a fait le premier succès, fera le second à cette chosette sur la première page de laquelle on a été tenté d'écrire cette impertinence : « D'un fat, par un fat, à des fats ; » car tout fait glace aux fats, et ceci est un miroir pour eux. Beaucoup viendront se regarder là-dedans et y peigner leur moustache, les uns pour s'y reconnaître, et les autres pour s'y faire... Brummells !

Il est vrai que ce sera inutile. On ne se fait pas Brummell. On l'est ou on ne l'est pas. Souverain futile d'un monde futile, Brummell a son droit divin et sa raison d'être comme les autres rois. Seulement, puisqu'on a fait croire dans ces derniers temps à ces badauds de peuples qu'ils étaient souverains, pourquoi les populaces de salon n'auraient-elles pas leurs illusions, comme les populaces de la rue ?

Et d'autant que ce petit livre les en guérira. Elles y verront que Brummell était une individualité des plus rares qui s'était donné uniquement la peine de naître, mais à qui, pour se développer, il fallait encore l'avantage d'une société très aristocratiquement développée. Elles y verront ce qu'il faut de choses... qu'elles n'ont pas, pour être Brummell. L'auteur du Dandysme a essayé de faire le compte de ces choses : riens tout-puissants par lesquels on ne gouverne pas que des femmes ; mais il savait bien, tout en le faisant, que ce n'était pas un livre de conseils que son livre, et que les Machiavels de l'élégance seraient encore plus niais que les Machiavels de la politique... qui le sont déjà tant ! Il savait enfin qu'il n'y avait là qu'un morcelet d'histoire, un fragment archéologique, bon à mettre, comme une curiosité, sur la toilette d'or des fats de l'avenir, – s'ils en ont ; car le Progrès, qui est en train, avec son économie politique et sa division territoriale, de faire de la race humaine une race de pouilleux, ne détruira pas les fats, mais pourrait bien supprimer leurs toilettes à la d'Orsay, comme inégalitaires et scandaleuses.

Dans tous les cas, voici le livre, tel qu'il a été écrit. On n'en a rien modifié, rien effacé. On y a seulement piqué, çà et là, une ou deux notes. La gravité de son temps, qui l'a souvent fait rire, n'a pas assez atteint l'auteur du Dandysme pour qu'il regarde ce petit livre, léger de ton, peut-être (il le voudrait bien, il n'est pas dégoûté !) comme une fredaine de sa jeunesse et pour s'en excuser aujourd'hui. Par exemple ! non. Il serait même bien capable, si on le poussait, de soutenir aux plus hauts encornés parmi messieurs les Graves que son livre est aussi sérieux que tout autre livre d'histoire. En effet, que voit-on ici, à la clarté de cette bluette ?... L'homme et sa vanité, le raffinement social et des influences très réelles, quoique incompréhensibles à la Raison toute seule, cette grande sotte, mais d'autant plus attirantes qu'elles sont plus difficiles à comprendre et à pénétrer. Or, quoi de plus grave que tout cela, même au point de vue supérieur de ceux-là qui se sont le plus détachés et détournés du monde, de ses pompes et de ses œuvres, et qui en ont le plus méprisé le néant ?... Interrogez-les ! Est-ce qu'à leurs yeux toutes les vanités ne se valent pas, quelque nom qu'elles portent et quelque simagrée qu'elles fassent ? Si le Dandysme avait existé de son temps, Pascal, qui fut un dandy comme on peut l'être en France, aurait donc pu en écrire l'histoire avant d'entrer à Port-Royal : Pascal, l'homme au carrosse à six chevaux ! Et Rancé, un autre tigre d'austérité, avant de s'enfoncer dans les jungles de sa Trappe, nous aurait peut-être traduit le capitaine Jesse au lieu de nous traduire Anacréon ; car Rancé fut un Dandy aussi – un Dandy prêtre, ce qui est plus fort qu'un Dandy mathématicien, et voyez l'influence du Dandysme ! Dom Gervaise, un religieux grave, qui a écrit la vie de Rancé, nous a laissé une description charmante de ses délicieux costumes, comme s'il avait voulu nous donner le mérite d'une tentation à laquelle on résiste, en nous donnant l'envie atroce de les porter !

Ce qui ne veut pas dire, du reste, que l'auteur présent du Dandysme se croie d'aucune manière Pascal ou Rancé. Il n'a jamais été et ne sera jamais janséniste, et il n'est pas trappiste… encore !

J.-A. Barbey d'Aurevilly.

DU DANDYSME
ET DE
G. BRUMMELL

I

Les sentiments ont leur destinée. Il en est un contre lequel tout le monde est impitoyable : c'est la vanité. Les moralistes l'ont décriée dans leurs livres, même ceux qui ont le mieux montré quelle large place elle a dans nos âmes. Les gens du monde, qui sont aussi des moralistes à leur façon, puisque vingt fois par jour ils ont à juger la vie, ont répété la sentence portée par les livres contre ce sentiment, à les entendre, le dernier de tous.

On peut opprimer les choses comme les hommes. Cela est-il vrai, que la vanité soit le dernier sentiment dans la hiérarchie des sentiments de notre âme ? Et si elle est le dernier, si elle est à sa place, pourquoi la mépriser ?...

Mais est-elle-même le dernier ? Ce qui fait la valeur des sentiments, c'est leur importance sociale ; quoi donc, dans l'ordre des sentiments, peut être d'une utilité plus grande pour la société, que cette recherche inquiète de l'approbation des autres, que cette inextinguible soif des applaudissements de la galerie, qui, dans les grandes choses, s'appelle amour de la gloire, et dans les petites, vanité ? Est-ce l'amour, l'amitié, l'orgueil ? L'amour dans ses mille nuances et ses nombreux dérivés, l'amitié et l'orgueil même partent d'une préférence pour une autre, ou plusieurs autres, ou soi, et cette préférence est exclusive. La vanité, elle, tient compte de tout. Si elle préfère parfois de certaines approbations, c'est son caractère et son honneur de souffrir quand une seule lui est refusée ; elle ne dort plus sur cette rose repliée. L'amour dit à l'être : Tu es mon univers ; l'amitié : Tu me suffis, et bien souvent : Tu me consoles. Quant à l'orgueil, il est silencieux. Un homme d'un esprit éclatant disait : « C'est un roi solitaire, oisif et aveugle ; son diadème est sur ses yeux. » La vanité a un univers moins étroit que celui de l'amour ; ce qui suffit à l'amitié n'est pas assez pour elle. C'est une reine aussi comme l'orgueil est roi ; mais elle est entourée, occupée, clairvoyante, et son diadème est placé là où il l'embellit davantage.

Il fallait bien dire cela avant de parler du Dandysme, fruit de cette vanité qu'on a trop flétrie, et du grand vaniteux George Brummell.

II

Quand la vanité est satisfaite et qu'elle le montre, elle devient de la fatuité. C'est le nom assez impertinent que les hypocrites de modestie, – c'est-à-dire tout le monde, – ont inventé par peur des sentiments vrais. Ainsi ce serait une erreur que de croire, comme on le croit peut-être, que la fatuité est exclusivement de la vanité montrée dans nos relations avec les femmes. Non, il y a des fats de tout genre : il y en a de naissance, de fortune, d'ambition, de science ; Tufière en est un, Turcaret un autre ; mais comme les femmes occupent beaucoup en France, on a surtout donné le nom de fatuité à la vanité de ceux qui leur plaisent et qui se croient irrésistibles. Seulement, cette fatuité, commune à tous les peuples chez qui la femme est quelque chose, n'est point cette autre espèce qui, sous le nom de Dandysme, cherche depuis quelques temps à s'acclimater à Paris. L'une est la forme de la vanité humaine, universelle ; l'autre, d'une vanité particulière et très particulière : de la vanité anglaise. Comme tout ce qui est universel, humain, a son nom dans la langue de Voltaire ; ce qui ne l'est pas, on est obligé de l'y mettre, et voilà pourquoi le mot Dandysme n'est pas français.

Il restera étranger comme la chose qu'il exprime. Nous avons beau réfléchir toutes les couleurs : le caméléon ne peut réfléchir le blanc, et le blanc pour les peuples, c'est la force même de leur originalité. Nous posséderions plus grand encore le pouvoir d'assimilation qui nous distingue, que ce don de Dieu ne maîtriserait pas cet autre don, cette autre puissance, – le pouvoir d'être soi, – qui constitue la personne même, l'essence d'un peuple. Eh bien ! c'est la force de l'originalité anglaise, s'imprimant sur la vanité humaine, – cette vanité ancrée jusqu'au cœur des marmitons, et contre laquelle le mépris de Pascal n'était qu'une aveugle insolence, – qui produit ce qu'on appelle le Dandysme. Nul moyen de partager cela avec l'Angleterre. C'est profond comme son génie même. Singerie n'est pas ressemblance. On peut prendre un air ou une pose comme on vole la forme d'un frac ; mais la comédie est fatigante : mais un masque est cruel, effroyable à porter, même pour les gens à caractère qui seraient les Fiesques du Dandysme, s'il le fallait, à plus forte raison pour nos aimables jeunes gens. L'ennui qu'ils respirent et inspirent ne leur donne qu'un faux reflet du Dandysme. Qu'ils prennent l'air dégoûté, s'ils veulent, et se gantent de blanc jusqu'au coude, le pays de Richelieu ne produira pas de Brummell.

III

Ces deux fats célèbres peuvent se ressembler par la vanité humaine, universelle ; mais ils diffèrent de toute la physiologie d'une race, de tout le génie d'une société. L'un appartenait à cette race nervo-sanguine de France, qui va jusqu'aux dernières limites dans la foudre de ses élans ; l'autre descendait de ces hommes du Nord, lymphatiques et pâles ; froids comme la mer dont ils sont les fils, mais irascibles comme elle, et qui aiment à réchauffer leur sang glacé avec la flamme des alcools (high-spirits). Quoique de tempérament opposé, ils avaient tous les deux une grande force de vanité, et naturellement ils la prirent pour le mobile de leurs actions. Sur ce point, ils bravent également le reproche des moralistes qui condamnent la vanité au lieu de la classer et de l'absoudre. A-t-on lieu de s'en étonner quand on pense au sentiment dont il est question, écrasé depuis dix-huit cents ans sous l'idée chrétienne du mépris du monde, qui règne encore dans les esprits les moins chrétiens ? Et d'ailleurs les gens d'esprit ne gardent-ils presque pas tous dans la pensée quelque préjugé au pied duquel ils font pénitence de l'esprit qu'ils ont ? C'est ce qui explique le mal que les hommes qui se croient sérieux, parce qu'ils ne savent pas sourire, ne manqueront point de dire de Brummell. C'est ce qui explique, plus encore que l'esprit de parti, les cruautés de Chamfort contre Richelieu. Il l'a attaqué avec son esprit incisif, brillant et venimeux, comme on perce avec un stylet de cristal empoisonné. En cela, Chamfort, tout athée qu'il fût, a porté le joug de l'idée chrétienne, et, vaniteux lui-même, il n'a pas su pardonner, au sentiment dont il souffrait, de donner du bonheur aux autres.

Car Richelieu, comme Brummell, – plus même que Brummell, – eut tous les genres de gloire et de plaisir que l'opinion peut créer. Tous les deux, en obéissant aux instincts de leur vanité (apprenons à dire ce mot sans horreur) comme on obéit aux instincts de son ambition, de son amour, etc., ils réussirent ; mais l'analogie s'arrête là. Ce n'était pas assez que de différer par le tempérament ; la société dont ils dépendent apparaît en eux et, de nouveau, les fait contraster. Pour Richelieu, cette société avait brisé tous ses freins, dans sa soif implacable d'amusements ; pour Brummell, elle mâchait les siens avec ennui. Pour le premier, elle était dissolue ; pour le second, hypocrite. C'est dans cette double disposition que se trouve surtout la différence qu'il y a entre la fatuité de Richelieu et le dandysme de Brummell.

IV

En effet, il ne fut qu'un Dandy. Avant d'être le genre de fat que son nom représente, Richelieu, lui, était un grand seigneur dans une aristocratie expirante. Il était général dans un pays militaire. Il était beau à une époque où les sens révoltés partageaient fièrement l'empire avec la pensée et où les mœurs du temps ne défendaient pas ce qui plaisait. En dehors de ce que fut Richelieu, on peut concevoir Richelieu encore. Il avait pour lui toutes les forces de la vie. Mais ôtez le Dandy, que reste-t-il de Brummell

? Il n'était propre à rien de plus, mais aussi rien de moins que le plus grand Dandy de son temps et de tous les temps. Il le fut exactement, purement ; on dirait presque, naïvement, si l'on osait. Dans le pêle-mêle social qu'on appelle une société par politesse, presque toujours la destinée est plus grande que les facultés, ou les facultés supérieures à la destinée. Mais pour lui, pour Brummell, chose rare, il y eut accord entre la nature et le destin, entre le génie et la fortune. Plus spirituel ou plus passionné, c'était Sheridan ; plus grand poète (car il fut poète), c'était lord Byron ; plus grand seigneur, c'était lord Yarmouth ou Byron encore : Yarmouth, Byron, Sheridan, et tant d'autres de cette époque, fameux dans tous les genres de gloire, qui furent Dandys, mais quelque chose de plus. Brummell n'eut point ce quelque chose qui était, chez les uns, de la passion ou du génie, chez les autres une haute naissance, une immense fortune. Il gagna à cette indigence ; car, réduit à la seule force de ce qui le distingua, il s'éleva au rang d'une chose : il fut le Dandysme même.

V

Ceci est presque aussi difficile à décrire qu'à définir. Les esprits qui ne voient les choses que par leur plus petit côté, ont imaginé que le Dandysme était surtout l'art de la mise, une heureuse et audacieuse dictature en fait de toilette et d'élégance extérieure. Très certainement c'est cela aussi ; mais c'est bien davantage. Le Dandysme est toute une manière d'être, et l'on n'est pas que par le côté matériellement visible. C'est une manière d'être, entièrement composée de nuances, comme il arrive toujours dans les sociétés très vieilles et très civilisées, où la comédie devient si rare et où la convenance triomphe à peine de l'ennui. Nulle part l'antagonisme des convenances et de l'ennui qu'elles engendrent ne s'est fait plus violemment sentir au fond des mœurs qu'en Angleterre, dans la société de la Bible et du Droit, et peut-être est-ce de ce combat à outrance, éternel, comme le duel de la Mort et du Péché dans Milton, qu'est venue l'originalité profonde de cette société puritaine, qui donne dans la fiction

Clarisse Harlowe, et lady Byron dans la réalité. Le jour où la victoire sera décidée, il est à penser que la manière d'être qu'on appelle Dandysme sera grandement modifiée, si elle existe encore ; car elle résulte de cet état de lutte sans fin entre la convenance et l'ennui.

Ainsi, une des conséquences du Dandysme, un des ses principaux caractères, – pour mieux parler, son caractère le plus général, – est-il de produire toujours l'imprévu, ce à quoi l'esprit accoutumé au joug des règles ne peut pas s'attendre en bonne logique. L'Excentricité, cet autre fruit du terroir anglais, le produit aussi, mais d'une autre manière, d'une façon effrénée, sauvage, aveugle. C'est une révolution individuelle contre l'ordre établi, quelquefois contre la nature : ici on touche à la folie. Le Dandysme, au contraire, se joue de la règle et pourtant la respecte encore. Il en souffre et s'en venge tout en la subissant ; il s'en réclame quand il y échappe ; il la domine et en est dominé tour à tour : double et muable caractère ! Pour jouer ce jeu, il faut avoir à son service toutes les souplesses qui font la grâce, comme les nuances du prisme forment l'opale, en se réunissant.

C'était là ce qu'avait Brummell. Il avait la grâce, comme le ciel la donne et comme souvent les compressions sociales la faussent. Mais enfin il l'avait, et par-là il répondait aux besoins de caprice des sociétés ennuyées et trop durement ployées sous les strictes rigueurs de la convenance. Il était la preuve de cette vérité qu'il faut redire sans cesse aux hommes de la règle : c'est que si l'on coupe les ailes de la Fantaisie, elles repoussent plus longues de moitié. Il avait cette familiarité charmante et rare qui touche à tout et ne profane rien. Il vécut de pair à compagnon avec toutes les puissances, toutes les supériorités de son époque, et, par l'aisance, il s'éleva jusqu'à leur niveau. Où de plus habiles se seraient perdus, il se sauvait. Son audace était de la justesse. Il pouvait toucher impunément à la hache. On a dit pourtant que cette hache, dont il avait tant de fois défié le tranchant, le coupa enfin ; qu'il intéressa à sa perte la vanité d'un Dandy comme lui, S. M. George IV ; mais son empire avait été si grand que, s'il avait voulu, il l'eût repris.

VI

Sa vie tout entière fut une influence, c'est-à-dire ce qui ne peut guère se raconter. On la sent tout le temps qu'elle dure, et quand elle n'est plus, on en peut signaler les résultats ; mais si ces résultats sont de la même nature que l'influence qui les créa, et s'ils n'ont pas plus de durée, l'histoire en devient impossible. On retrouve Herculanum sous la cendre ; mais quelques années sur les mœurs d'une société l'ensevelissent mieux que toute la poussière des volcans. Les Mémoires, histoire de ces mœurs, ne sont eux-mêmes que des à-peu-près. On ne retrouvera donc pas, comme il le faudrait, détaillée et nette, sinon vivante, la société anglaise du temps de Brummell. On ne suivra donc jamais, dans son ondoyante étendue et sa portée, l'action de Brummell sur ses contemporains. Le mot de Byron, qui disait aimer mieux être Brummell que l'empereur Napoléon, paraîtra toujours une affectation ridicule ou une ironie. Le vrai sens d'un pareil mot est perdu.

Seulement, au lieu d'insulter l'auteur de Childe Harold, comprenons-le plutôt quand il exprimait son audacieuse préférence. Poète, homme de fantaisie, il était frappé, parce qu'il pouvait en juger, de l'empire de Brummell sur la fantaisie d'une société hypocrite et lasse de son hypocrisie. Il y avait là un fait de toute-puissance individuelle, qui devait plus convenir à la nature de son capricieux génie que tout autre fait d'omnipotence, quel qu'il fût.

VII

C'est pourtant avec des mots semblables à celui de Byron que l'histoire de Brummell sera écrite, et, comme par une singulière mystification de la destinée, ce sont de tels mots qui la rendent indéchiffrable. L'admiration ne se justifiant point par des faits qui ont péri tout entiers, parce que, de leur nature, ils étaient éphémères, l'autorité du plus grand nom, l'hommage du plus entraînant génie rendront l'énigme plus obscure. En effet, ce qui reste le moins de toute société, la partie des mœurs qui ne laisse pas de débris, l'arôme trop subtil pour qu'il se conserve, ce sont les manières, les intransmissibles manières, par lesquelles Brummell fut un prince de son temps. Semblable à l'orateur, au grand comédien, au causeur, à tous ces esprits qui parlent au corps par le corps, comme disait Buffon, Brummell n'a qu'un nom, qui brille d'un reflet mystérieux dans tous les Mémoires de son époque. On y explique mal la place qu'il y tient ; mais on la voit, et ce vaut la peine qu'on y pense. Quant à l'étude présente, détaillée, du portrait qui reste à faire, nul homme jusqu'ici n'en a affronté la lutte douloureuse ; nul penseur n'a cherché à se rendre compte, gravement, sévèrement, de cette influence qui répond à une loi ou à un travers, c'est-à-dire à la déviation d'une loi, – à une loi encore. Pour cela les esprits profonds n'avaient pas assez de finesse ; les esprits fins, de profondeur.

Plusieurs ont essayé, nonobstant. Du vivant même de Brummell, deux plumes célèbres, mais taillées trop fins, trempées d'encre de Chine trop musquée, jetèrent sur un papier bleuâtre, à tranches d'argent, quelques traits faciles à travers lesquels on vit Brummell. C'était charmant de légèreté spirituelle et de pénétration négligente. Ce fut Pelham, ce fut Granby. Ce fut Brummell aussi jusqu'à un certain point, puisqu'on y dogmatisait sur le Dandysme : mais l'intention avait-elle été de le peindre, sinon dans les faits de sa vie, au moins dans les réalités de son être et les possibilités du roman ? Pour Pelham, ce n'est pas bien sûr. Pour Granby, on le croirait davantage : le portrait de Trebeck semble avoir été fait sur le vif ; on n'invente pas ces nuances étranges, mi-nature et mi-société, et l'on sent que la présence réelle a dû vivifier le coup de pinceau qui les retrace.

Mais, à cela près du roman de Lister, où Brummell, s'il fallait l'y chercher, se retrouverait bien mieux que dans le Pelham de M. Bulwer, il n'y a point de livre, en Angleterre, qui montre Brummell comme il fut, et qui explique un peu nettement la puissance de son personnage. Récemment, il est vrai, un homme distingué a publié deux volumes dans lesquels il a réuni avec une patience d'ange curieux tous les faits connus de la vie de Brummell. Pourquoi faut-il que tant d'efforts et de sollicitudes n'aient abouti qu'à une chronique timorée, sans le dessous de cartes de l'histoire ? C'est l'explication historique qui manque à Brummell. Il a encore des admirateurs comme l'épigrammatique Cecil, des curieux comme M. Jesse, des ennemis… on ne cite personne. Mais, parmi ses contemporains restés debout, parmi les pédants de tous les âges, honnêtes gens qui ont à l'esprit les deux bras gauches que Rivarol donnait à toutes les Anglaises, il en est qui s'indignent de bonne foi contre l'éclat attaché au nom de Brummell : lourdauds de moralité grave, cette gloire de la frivolité les insulte. Seul l'historien, c'est-à-dire le juge, – le juge sans enthousiasme et sans haine, – n'a point encore paru pour le grand Dandy, et chaque jour qui passe est un empêchement pour qu'il naisse. On a dit pourquoi. S'il ne vient pas, la gloire aura été pour Brummell un miroir de plus. Vivant, elle l'aura réfléchi dans l'étincelante pureté de sa fragile surface ; mais, – comme les miroirs, quand il n'y a plus là personne, – mort, elle n'en aura rien gardé.

VIII

Le Dandysme n'étant pas l'invention d'un homme, mais la conséquence d'un certain état de société qui existait avant Brummell, il serait peut-être convenable d'en constater la présence dans l'histoire des mœurs anglaises et d'en préciser l'origine. Tout porte à penser que cette origine est française. La grâce est entrée en Angleterre, à la restauration de Charles II, sur le bras de la Corruption qui se disait sa sœur alors et qui quelquefois l'a fait croire. Elle vint attaquer avec la moquerie le sérieux terrible et imperturbable des Puritains de Cromwell. Les mœurs, toujours profondes dans la Grande-Bretagne, – quelle que soit leur tendance, bonne ou mauvaise, – exagéraient la sévérité. Il fallait bien pour respirer se soustraire à leur empire, déboucler ce lourd ceinturon, et les courtisans de Charles II, qui avaient bu, dans les verres à champagne de France, un lotus qui faisait oublier les sombres et religieuses habitudes de la patrie, tracèrent la tangente par laquelle on put échapper. Beaucoup par-là se précipitèrent. « Les disciples mêmes eurent bientôt dépassé leurs anciens maîtres ; et, comme l'a dit un écrivain avec une piquante exactitude, leur bonne volonté d'être corrompus était si bonne, que les Rochester et les Shaftesbury enjambèrent d'un siècle sur les mœurs françaises de leur temps et sautèrent jusqu'à la Régence. » On ne parle ni de Buckingham, ni d'Hamilton, ni de Charles II lui-même, ni de tous ceux chez qui les souvenirs de l'exil furent plus puissants que les impressions du retour. On a plutôt en vue ceux-là qui, restés Anglais, furent atteints de plus loin par le souffle étranger, et qui ouvrirent le règne des Beaux, comme sir Georges Hevett ; Wilson, tué, dit-on, par Law, dans un duel, et Fielding dont la beauté arrêta le regard sceptique de l'insouciant Charles II, et qui, après avoir épousé la fameuse duchesse de Cleveland, renouvela les scènes de Lauzun avec la grande Mademoiselle. Ainsi qu'on le voit, le nom même qu'ils portèrent accuse l'influence française. Leur grâce aussi était comme leur nom. Elle n'était pas assez indigène, assez mêlée à cette originalité du peuple au milieu duquel naquit Shakespeare, à cette force intime qui devrait plus tard la pénétrer. Qu'on ne s'y méprenne pas, les Beaux ne sont pas les Dandys : ils les précèdent. Déjà le Dandysme, il est vrai, s'agite sous ces surfaces ; mais il ne paraît point encore. C'est du fond de la société anglaise qu'il doit sortir. Fielding meurt en 1712. Après lui, le colonel Edgeworth, vanté par Steele (un Beau aussi dans sa jeunesse), continue la chaîne d'or ouvragé des Beaux, qui se ferme à Nash, pour se rouvrir à Brummell, mais avec le Dandysme en plus.

Car s'il est né plus tôt, c'est dans l'intervalle qui sépare Fielding de Nash que le Dandysme a pris son développement et sa forme. Pour son nom (dont la racine est peut-être française encore), il ne l'eut que tard. On ne le trouve pas dans Johnson. Mais quant à la chose qu'il signifie, elle existait et, comme cela devait être, dans les personnalités les plus hautes. En effet, la valeur des hommes étant toujours en vertu du nombre des facultés qu'ils ont, et le Dandysme représentant justement celles qui n'avaient pas leur place dans les mœurs, tout homme supérieur dut se teindre et se teignit plus ou moins de Dandysme. Ainsi Marlborough, Chesterfield, Bolingbroke, Bolingbroke surtout ; car Chesterfield qui avait fait dans ses Lettres le traité du Gentleman, comme Machiavel a fait le traité du Prince, moins en inventant la règle qu'en racontant la coutume, Chesterfield est bien attaché encore à l'opinion admise ; et Marlborough, avec sa beauté de femme orgueilleuse, est plus cupide que vaniteux. Bolingbroke seul est avancé, complet, un vrai Dandy des derniers temps. Il en a la hardiesse dans la conduite, l'impertinence somptueuse, la préoccupation de l'effet extérieur, et la vanité incessamment présente. On se rappelle qu'il fut jaloux de Harley, assassiné par Guiscard, et qu'il disait, pour se consoler, que l'assassin avait sans doute pris un ministre pour un autre. Rompant avec les pruderies des salons de Londres, ne l'avait-on pas vu, – chose horrible à penser ! – afficher l'amour le plus naturel pour une marchande d'oranges, qui peut-être n'était pas jolie, et qui se tenait sous les galeries du Parlement ? Enfin, il inventa la devise même du Dandysme, le Nil mirari de ces hommes, – dieux au petit pied, – qui veulent toujours produire la surprise en gardant l'impassibilité. Plus qu'à personne d'ailleurs le Dandysme seyait à Bolingbroke. N'était-ce pas de la libre pensée en fait de manières et de convenances du monde, de même que la philosophie en était en matière de morale et de religion ? Comme les philosophes qui dressaient devant la loi une obligation supérieure, les Dandys, de leur autorité privée, posent une règle au-dessus de celle qui régit les cercles les plus aristocratiques, les plus attachés à la tradition, et par la plaisanterie qui est un acide, et par la grâce qui est un fondant, ils parviennent à faire admettre cette règle mobile qui n'est, en fin de compte, que l'audace de leur propre personnalité. Un tel résultat est curieux et tient à la nature des choses. Les sociétés ont beau se tenir ferme, les aristocraties se fermer à tout ce qui n'est pas de l'opinion reçue, le Caprice se soulève un jour et pousse à travers ces classements qui paraissaient impénétrables, mais qui étaient minés par l'ennui. C'est ainsi que, d'une part, la Frivolité chez un peuple d'une tenue rigide et d'un militarisme grossier, de l'autre, l'Imagination réclamant son droit à la face d'une loi morale trop étroite pour être vraie, produisirent un genre de traduction, une science de manières et d'attitudes, impossible ailleurs, dont Brummell fut l'expression achevée et qu'on n'égalera jamais plus. On verra pourquoi.

IX

Georges Bryan Brummell est né à Westminster, de W. Brummell, esquire, secrétaire privé de ce lord North, Dandy aussi à certaines heures, qui dormait de mépris sur son banc de ministre aux plus virulentes attaques des orateurs de l'opposition. North fit la fortune de W. Brummell, homme d'ordre et de capacité active. Les pamphlétaires qui crient à la corruption, en espérant qu'on les corrompra, ont appelé lord North le dieu des appointements (the god of emoluments). Mais toujours est-il vrai de dire qu'en payant Brummell, il récompensait des services. Après la chute du ministère de son bienfaiteur, M. Brummell devint haut-shérif dans le Berkshire. Il habita près de Domington-Castle, lieu célèbre pour avoir été la résidence de Chaucer, et là il vécut avec cette hospitalité opulente dont les Anglais, seuls dans le monde, ont le sentiment et la puissance. Il avait conservé de grandes relations. Entre autres célébrités contemporaines, il recevait beaucoup Fox et Sheridan. Une des premières impressions du futur Dandy fut donc de sentir le souffle de ces hommes forts et charmants sur sa tête. Ils furent comme les Fées qui le douèrent ; mais ils ne lui donnèrent que la moitié de leurs forces, les plus éphémères de leurs facultés. Nul doute qu'en voyant, qu'en entendant ces esprits, la gloire de la pensée humaine, qui menaient la causerie comme le discours politique, et dont la plaisanterie valait l'éloquence, le jeune Brummell n'ait développé les facultés qui étaient en lui et qui l'ont rendu plus tard (pour se servir du mot employé par les Anglais) un des premiers conversationistes de l'Angleterre. Quand son père mourut, il avait seize ans (1794). On l'avait, en 1790, envoyé à Eton, et déjà il s'était distingué, – en dehors du cercle des études, – par ce qui le caractérisa si éminemment plus tard. Le soin de sa mise et la langueur froide de ses manières lui firent donner par ses condisciples un nom fort en vogue alors, car le nom de Dandy n'était pas encore à la mode, et les despotes de l'élégance s'appelaient Bucks ou Macaronies. On le surnomma Buck Brummell. Nul, du témoignage de ses contemporains, n'exerça plus d'influence que lui sur ses compagnons à Eton, excepté peut-être George Canning ; mais l'influence de Canning était la conséquence de son ardeur de tête et de cœur, tandis que celle de Brummell venait de facultés moins enivrantes. Il justifiait le mot de Machiavel : « Le monde appartient aux esprits froids. » D'Eton il alla à Oxford, où il eut le genre de succès auquel il était destiné. Il y plut par les côtés les plus extérieurs de l'esprit : sa supériorité à lui ne se marquant pas dans les laborieuses recherches de la pensée, mais dans les relations de la vie. En sortant d'Oxford, trois mois après la mort de son père, il entra comme cornette dans le 10e de hussards, commandé par le prince de Galles.

On s'est beaucoup efforcé pour expliquer le goût si vif que Brummell inspira soudainement à ce prince. On a raconté des anecdotes qui ne méritent pas qu'on les cite. Qu'a-t-on besoin de ces commérages ? Il y a mieux. En effet, Brummell donné, il était impossible qu'il n'attirât pas l'attention et les sympathies de l'homme qui, disait-on, était plus fier et plus heureux de la distinction de ses manières que de l'élévation de son rang. On sait d'ailleurs l'éclat de cette jeunesse qu'il essaya d'éterniser. À cette époque, le prince de Galles avait trente-deux ans. Beau de la beauté lymphatique et figée de la maison de Hanovre, mais cherchant à l'animer par la parure, à la vivifier par le rayon de feu du diamant ; scrofuleux d'âme comme de corps, mais n'ayant pas du moins dégradé la grâce en lui, cette dernière vertu des courtisans, celui qui fut George IV reconnut en Brummell une portion de lui-même, la partie restée saine et lumineuse, et voilà le secret de la faveur qu'il lui montra ! Ce fut simple comme une conquête de femme. N'y a-t-il pas des amitiés qui prennent leur source dans les choses du corps, dans la grâce extérieure, comme des amours qui viennent de l'âme, du charme immatériel et secret ?... Telle fut l'amitié du prince de Galles pour le jeune cornette de hussards : sentiment qui était de la sensation encore, le seul peut-être qui pût germer au fond de cette âme obèse, dans laquelle le corps remontait.

Ainsi, l'inconstante faveur que lord Barrymore, G. Hanger, et tant d'autres effeuillèrent à leur tour, tomba sur la tête de Brummell avec tout l'imprévu du caprice et la furie de l'engouement. Sa présentation eut lieu sur la fameuse terrasse de Windsor, en présence de la fashion la plus exigeante. Il y déploya tout ce que le prince de Galles devait estimer le plus parmi les choses humaines : une grande jeunesse relevée par l'aplomb d'un homme qui aurait su la vie et qui pouvait la dominer, le plus fin et hardi mélange d'impertinence et de respect, enfin le génie de la mise, protégé par une repartie toujours spirituelle. Certes, il y avait, dans l'enlèvement d'un tel succès, autre chose que de l'extravagance des deux côtés. Le mot extravagance est employé par les moralistes déroutés comme le mot nerfs par les médecins. À dater de ce moment, il se trouva classé très haut dans l'opinion. On le vit de préférence aux plus nobles noms de l'Angleterre, lui, le fils d'un simple esquire, du secrétaire privé dont le grand-père avait été marchand, remplir les fonctions de chevalier d'honneur de l'héritier présomptif, lors de son mariage avec Caroline de Brunswick. Tant de distinction groupa immédiatement autour de lui, sur le pied de la familiarité la plus flatteuse, l'aristocratie des salons : lord R. E. Somerset, lord Petersham, Charles Ker, Charles et Robert Manners. Jusque-là, rien d'étonnant : il n'était qu'heureux. Il était né, comme disent les Anglais, avec une cuiller d'argent dans la bouche. Il avait pour lui ce quelque chose d'incompréhensible que nous appelons notre étoile, et qui décide de la vie sans raison ni justice ; mais ce qui surprend davantage, ce qui signifie son bonheur, c'est qu'il le fixa. Enfant gâté de la fortune, il le devint de la société. Byron parle quelque part d'un portrait de Napoléon dans son manteau impérial, et il ajoute : « Il semblait qu'il y fût éclos. » On en put dire autant de Brummell et de ce frac célèbre qu'il inventa. Il commença son règne sans trouble, sans hésitation, avec une confiance qui est une conscience. Tout concourut à son étrange pouvoir, et personne ne s'y opposa. Là où les relations valent plus que le mérite et où les hommes, pour que chacun d'eux puisse seulement exister, doivent se tenir comme des crustacés, Brummell avait pour lui, encore plus comme admirateurs que comme rivaux, les ducs d'York et de Cambridge, les comtes de Westmoreland et de Chatham (le frère de William Pitt), le duc de Rutland, lord Delamere, politiquement et socialement ce qu'il y avait de plus élevé. Les femmes, qui sont, comme les prêtres, toujours du côté de la force, sonnèrent, de leurs lèvres vermeilles, les fanfares de leurs admirations. Elles furent les trompettes de sa gloire ; mais elles restèrent trompettes, car c'est ici l'originalité de Brummell. C'est ici qu'il diffère essentiellement de Richelieu et de presque tous les hommes organisés pour séduire. Il n'était pas ce que le monde appelle libertin. Richelieu, lui, imita trop ces conquérants tartares qui se faisaient un lit avec des femmes entrelacées. Brummell n'eut point de ces butins et de ces trophées de victoire ; sa vanité ne trempait pas dans un sang brûlant. Les Sirènes, filles de la mer, à la voix irrésistible, avaient les flancs couverts d'écailles impénétrables, d'autant plus charmantes, hélas ! qu'elles étaient plus dangereuses !

Et sa vanité n'y perdit pas ; au contraire. Elle ne se rencontrait jamais en collision avec une autre passion qui la heurtait, qui lui faisait équilibre : elle régnait seule, elle était plus forte. Aimer, même dans le sens le moins élevé de ce mot, désirer, c'est toujours dépendre, c'est être esclave de son désir. Les bras le plus tendrement fermés sur vous sont encore une chaîne, et si l'on est Richelieu, — et serait-on don Juan lui-même, — quand on les brise, ces bras si tendres, de la chaîne qu'on porte on ne brise jamais qu'un anneau. Voilà l'esclavage auquel Brummell échappa. Ses triomphes eurent l'insolence du désintéressement. Il n'avait jamais le vertige des têtes qu'il tournait. Dans un pays comme l'Angleterre, où l'orgueil et la lâcheté réunis font de la pruderie pour de la pudeur, il fut piquant de voir un homme et un homme si jeune, qui résumait en lui toutes les séductions de convention et toutes les séductions naturelles, punir les femmes de leurs prétentions sans bonne foi, et s'arrêter avec elles à la limite de la galanterie, qu'elles n'ont pas mise là pour qu'on la respecte. C'était pourtant ainsi qu'agissait Brummell, sans aucun calcul et sans le moindre effort. Pour qui connaît les femmes, cela doublait sa puissance : parmi ces ladys altières, il blessait l'orgueil romanesque, et faisait rêver l'orgueil corrompu.

Roi de la mode, il n'eut donc point de maîtresse en titre. Plus habilement Dandy que le prince de Galles, il ne se donna point de madame Fitz-Herbert. Il fut un sultan sans mouchoir. Nulle illusion de cœur, nul soulèvement des sens n'influa, pour les énerver ou les suspendre, sur les arrêts qu'il portait. Aussi étaient-ils souverains. Que ce fût un éloge ou un blâme, un mot de Georges Bryan Brummell était tout alors. Il était l'autocrate de l'opinion. En Italie, si, par hypothèse, un pareil homme, un pareil pouvoir étaient possibles, quelle femme bien éprise y penserait ! Mais en Angleterre, la plus follement amoureuse, en posant une fleur ou en essayant une parure, songeait bien plus au jugement de Brummell qu'au plaisir de son amant. Une duchesse (et l'on sait ce qu'un titre permet de hauteur dans les salons de Londres) disait en plein bal à sa fille, au risque d'être entendue, de veiller avec soin sur son attitude, ses gestes, ses réponses, si par hasard M. Brummell daignait lui parler ; car à cette première phase de sa vie il se mêlait encore à la foule des danseurs dans ces bals où les mains les plus belles restaient oisives en attendant la sienne. Plus tard, enivré de la position exceptionnelle qu'il s'était faite, il renonça à ce rôle de danseur, trop vulgaire pour lui. Il restait seulement quelques minutes à l'entrée d'un bal ; il le parcourait d'un regard, le jugeait d'un mot, et disparaissait, appliquant ainsi le fameux principe du Dandysme : « Dans le monde, tout le temps que vous n'avez pas produit d'effet, restez : si l'effet est produit, allez-vous-en. » Il connaissait son foudroyant prestige. Pour lui, l'effet n'était plus une question de temps.

Avec cet éclat dans sa vie, cette souveraineté sur l'opinion, cette grande jeunesse qui augmente la gloire et cet aspect charmant et cruel que les femmes maudissent et adorent, pas de doute qu'il n'ait inspiré bien des passions en sens contraire, – des amours profonds, d'inexorables haines ;

mais rien de cela n'a transpiré. Le cant a étouffé le cri des âmes, s'il en fut qui aient osé crier. En Angleterre, la convenance qui châtre les cœurs s'oppose un peu à l'existence des mademoiselle de Lespinasse qui voudraient naître ; et quant à une Caroline Lamb, Brummell n'en eut point, par la raison que les femmes sont plus sensibles à la trahison qu'à l'indifférence. Une seule, à notre connaissance, a laissé sur Brummell de ces mots qui cachent la passion et qui la révèlent, c'est la courtisane Henriette Wilson : chose naturelle, elle était jalouse non du cœur de Brummell, mais de sa gloire. Les qualités d'où le dandy tirait sa puissance étaient de celles qui eussent fait la fortune de la courtisane. Et d'ailleurs, – sans être des Henriette Wilson, – les femmes s'entendent si bien aux réserves en faveur de leur sexe ! Elles ont le génie des mathématiques, comme les hommes, et tous les génies, et elles ne passent pas à Sheridan, malgré le sien, l'impertinence d'avoir fait sculpter sa main comme la plus belle de l'Angleterre.

X

Quoique Alcibiade ait été le plus joli des généraux, Georges Bryan Brummell n'avait pas l'esprit militaire. Il ne resta pas longtemps dans le 10e hussards. Il y était entré peut-être dans un but plus sérieux qu'on n'a cru, – pour se rapprocher du prince de Galles et nouer les relations qui le mirent vite en relief. On a dit, avec assez de mépris, que l'uniforme dut exercer une fascination irrésistible sur la tête de Brummell. C'était expliquer le Dandy avec des sensations de sous-lieutenant. Un dandy qui marque tout de son cachet, qui n'existe pas en-dehors d'une certaine exquise originalité (lord Byron), doit nécessairement haïr l'uniforme. Du reste, et pour des choses plus graves que cette question de costume, c'est dans la donnée des facultés de Brummell d'être mal jugé, son influence morte. Quand il vivait, les plus récalcitrants la subissaient ; mais, à présent, c'est de la psychologie difficile à faire, avec les préjugés dominants, que l'analyse d'un tel personnage. Les femmes ne lui pardonneront jamais d'avoir eu de la grâce comme elles ; les hommes, de n'en pas avoir comme lui.

On l'a déjà dit plus haut, mais on ne se lassera point de le répéter : ce qui fait le Dandy, c'est l'indépendance. Autrement, il y aurait une législation du Dandysme et il n'y en a pas. Tout dandy est un oseur, mais un oseur qui a du tact, qui s'arrête à temps et qui trouve, entre l'originalité et l'excentricité, le fameux point d'intersection de Pascal. Voilà pourquoi Brummell ne put se plier aux contraintes de la règle militaire, qui est un uniforme aussi. Sous ce point de vue, il fut un détestable officier. M. Jesse, cet admirable chroniqueur qui n'oublie pas assez, raconte plusieurs anecdotes sur l'indiscipline de son héros. Il rompt les rangs dans les manœuvres, manque aux ordres de son colonel ; mais le colonel est sous le charme. Il ne sévit pas. En trois ans, Brummell devient capitaine. Tout à coup, son régiment est commandé pour aller tenir garnison à Manchester, et, sur cela seul, le plus jeune capitaine du plus magnifique régiment de l'armée quitte le service. Il dit au prince de Galles qu'il ne voulait pas s'éloigner de lui. C'était plus aimable que de parler de Londres ; car c'était Londres surtout qui le retenait. Sa gloire était née là ; elle était autochtone de ces salons où la richesse, le loisir et le dernier degré de civilisation produisent ces affectations charmantes qui ont remplacé le naturel. La perle du dandysme tombée à Manchester, ville de manufactures, c'est aussi monstrueux que Rivarol à Hambourg !

Il sauva l'avenir de sa renommée : il resta à Londres. Il prit un logement dans Chesterfield Street, au no 4, en face de Georges Selwyn, – un de ces astres de la mode qu'il avait fait pâlir. Sa fortune matérielle, assez considérable, n'était point au niveau de sa position. D'autres, et beaucoup, parmi ces fils de lords et de nababs, avaient un luxe qui eût écrasé le sien, si ce qui ne pense pas pouvait écraser ce qui pense. Le luxe de Brummell était plus intelligent qu'éclatant ; il était une preuve de plus de la sûreté de cet esprit qui laissait l'écarlate aux sauvages, et qui inventa plus tard ce grand axiome de la toilette : « Pour être bien mis, il ne faut pas être remarqué. » Bryan Brummell eut des chevaux de main, un excellent cuisinier et le home d'une femme qui serait poète. Il donnait des dîners délicieux où les convives étaient aussi choisis que les vins. Comme les hommes de son pays et surtout de son époque, il aimait à boire jusqu'à l'ivresse. Lymphatique et nerveux, dans l'ennui de cette existence oisive et anglaise, à laquelle le Dandysme n'échappe qu'à moitié, il recherchait l'émotion de cette autre vie que l'on trouve au fond des breuvages, qui bat plus fort, qui tinte et éblouit. Mais alors, même le pied engagé dans le tourbillonnant abîme de l'ivresse, il y restait maître de sa plaisanterie, de son élégance, comme Sheridan dont on parle toujours, parce qu'on le retrouve sans cesse au bout de toutes les supériorités.

C'est par là qu'il asservissait. Les prédicateurs méthodistes (et il n'y en a pas qu'en Angleterre), tous les myopes qui ont risqué leur mot sur Brummell, l'ont peint, et rien n'est plus faux, comme une espèce de poupée sans cerveau et sans entrailles, et, pour rapetisser l'homme encore davantage, ils ont rapetissé l'époque dans laquelle il vécut, en disant qu'elle avait sa folie. Tentative et peine inutiles ! Ils ont beau frapper sur ce temps glorieux pour la Grande-Bretagne, comme à Florence on frappa sur la boule d'or dans laquelle l'eau qu'on voulait comprimer était renfermée : l'élément rebelle traversa les parois plutôt que de plier, et eux ne réduiront pas la société anglaise de 1794 à 1816 jusqu'à n'être qu'une société en décadence. Il est des siècles incompressibles qui résistent à tout ce qu'on en dit. La grande époque des Pitt, des Fox, des Windham, des Byron, des Walter Scott, deviendrait tout à coup petite parce qu'elle eût été remplie du nom de Brummell ! Si une telle prétention est absurde, Brummell avait donc en lui quelque chose digne d'attirer et de captiver les regards d'une grande époque ; – sorte de regards qui ne se prennent pas, comme les oisillons au miroir, seulement à l'appeau de vêtements gracieux ou splendides. Brummell, qui les a passionnés, attachait d'ailleurs beaucoup moins d'importance qu'on n'a cru à cet art de la toilette pratiqué par le grand Chatham. Ses tailleurs Davidson et Meyer, dont on a voulu faire, avec toute la bêtise de l'insolence, les pères de sa gloire, n'ont point tenu dans sa vie la place qu'on leur donne. Écoutons Lister plutôt ; il peint ressemblant : « Il lui répugnait de penser que ses tailleurs étaient pour quoi que ce fût dans sa renommée, et il ne se fiait qu'au charme exquis d'une aisance noble et polie qu'il possédait à un très remarquable degré. » Lors de son début, il est vrai, et avec ses tendances extérieures, au moment où le démocratique Charles Fox introduisait (apparemment comme effet de toilette) le talon rouge sur les tapis de l'Angleterre, Brummell dut se préoccuper de la forme sous tous ses aspects. Il n'ignorait pas que le costume a une influence latente mais positive sur les hommes qui le dédaignent le plus du haut de la majesté de leur esprit immortel. Mais plus tard il se déprit, comme le dit Lister, de cette préoccupation de jeunesse, sans l'abolir pourtant dans ce qu'elle avait de conforme à l'expérience et à l'observation. Il resta mis d'une façon irréprochable ; mais il éteignit les couleurs de ses vêtements, en simplifia la coupe et les porta sans y penser. Il arriva ainsi au comble de l'art qui donne la main au naturel. Seulement, ses moyens de faire effet étaient de plus haut parage, et c'est ce qu'on a trop, beaucoup trop oublié. On l'a considéré comme un être purement physique, et il était au contraire intellectuel jusque dans le genre de beauté qu'il possédait. En effet, il brillait bien moins par la correction des traits que par la physionomie. Il avait les cheveux presque roux, comme Alfieri, et une chute de cheval, dans une charge, avait altéré la ligne grecque de son profil. Son air de tête était plus beau que son visage, et sa contenance, – physionomie du corps, – l'emportait jusque sur la perfection de ses formes. Écoutons Lister : « Il n'était ni beau ni laid ; mais il y avait dans tout sa personne une expression de finesse et d'ironie concentrée, et dans ses yeux une incroyable pénétration. » Quelquefois, ces yeux sagaces savaient se glacer d'indifférence sans mépris, comme il convient à un Dandy consommé, à un homme qui porte en lui quelque chose de supérieur au monde visible. Sa voix magnifique faisait la langue anglaise aussi belle à l'oreille qu'elle l'est aux yeux et à la pensée. « Il n'affectait pas d'avoir la vue courte ; mais il pouvait prendre, – dit encore Lister, – quand les personnes qui étaient là n'avaient pas l'importance que sa vanité eût désirée, ce regard calme, mais errant, qui parcourt quelqu'un sans le reconnaître, qui ne se fixe ni ne se laisse fixer, que rien n'occupe et que rien n'égare. » Tel était le beau Georges Bryan Brummell. Nous qui lui consacrons ces pages, nous l'avons vu dans sa vieillesse, et l'on reconnaissait ce qu'il avait été dans ses plus étincelantes années ; car l'expression n'est pas à la portée des rides, et un homme remarquable surtout par la physionomie est bien moins mortel qu'un autre homme.

Du reste, ce que promettait sa physionomie, son esprit le tenait et au delà. De n'était pas pour rien que le rayon divin se jouait autour de son enveloppe. Mais parce que son intelligence, d'une espèce infiniment rare, s'adonnait peu à ce qui maîtrise celle des autres hommes, serait-il juste de la lui nier ? Il était un grand artiste à sa manière ; seulement son art n'était pas spécial, ne s'exerçait pas dans un temps donné. C'était sa vie même, le scintillement éternel de facultés qui ne se reposent pas dans l'homme, créé pour vivre avec ses semblables. Il plaisait avec sa personne, comme d'autres plaisent avec leurs œuvres. C'était sur place qu'était sa valeur. Il tirait de sa torpeur, – chose difficile, – une société horriblement blasée, savante, en proie à toutes les fatigues, par l'émotion, des vieilles civilisations, – et, pour cela, il ne sacrifiait pas une ligne de sa dignité personnelle. On respectait jusqu'à ses caprices. Ni Etherege, ni Cibber, ni Congreve, ni Vanburgh, ne pouvaient introduire un tel personnage dans leurs comédies, car le ridicule ne l'atteignait jamais. Il ne l'eût pas esquivé à force de tact, bravé à force d'aplomb, qu'il s'en fût garanti à force d'esprit, – bouclier qui avait un dard à son centre et qui changeait la défense en agression. Ici on comprendra mieux peut-être. Les plus durs à sentir la grâce qui glisse sentent la force qui appuie, et l'empire de Brummell sur son époque paraîtra moins fabuleux, moins inexplicable, quand on saura ce qu'on ne sait pas assez, quelle force de raillerie il avait. L'Ironie est un génie qui dispense de tous les autres. Elle jette sur un homme l'air de sphinx qui préoccupe comme un mystère et qui inquiète comme un danger. Or Brummell la possédait et s'en servait de manière à transir tous les amours-propres, même en les caressant, et à redoubler les mille intérêts d'une conversation supérieure par la peur des vanités, qui ne donne pas d'esprit, mais qui l'anime dans ceux qui en ont et fait circuler plus vite le sang de ceux qui n'en ont pas. C'est le génie de l'Ironie qui le rend le plus grand mystificateur que l'Angleterre ait jamais eu. « Il n'y avait pas, dit l'auteur de Granby, de gardien de ménagerie plus habile à montrer l'adresse d'un singe qu'il ne l'était à montrer le côté grotesque caché plus ou moins dans tout homme ; son talent était sans égal pour manier sa victime et pour lui faire exposer elle-même ses ridicules sous le meilleur point de vue possible. » Plaisir, si l'on veut, quelque peu féroce ; mais le Dandysme est le produit d'une société qui s'ennuie, et s'ennuyer ne rend pas bon.

C'est ce qu'il importe de ne pas perdre de vue quand on juge Brummell. Il était avant tout un Dandy, et il ne s'agit que de sa puissance. Singulière tyrannie qui ne révoltait pas ! – Comme tous les dandys, il aimait encore mieux étonner que plaire : préférence très humaine, mais qui mène loin les hommes ; car le plus beau des étonnements, c'est l'épouvante. Sur cette pente, où s'arrêter ? Brummell le savait seul. Il versait à doser parfaitement égales la terreur et la sympathie, et il en composait le philtre magique de son influence. Son indolence ne lui permettait pas d'avoir de la verve, parce qu'avoir de la verve, c'est se passionner ; se passionner, c'est tenir à quelque chose, et tenir à quelque chose, c'est se montrer inférieur ; mais de sang-froid il avait du trait, comme nous disons en France. Il était mordant dans sa conversation autant qu'Hazlitt dans ses écrits. Ses mots crucifiaient ; seulement, son impertinence avait trop d'ampleur pour se condenser et tenir dans des épigrammes. Des mots spirituels qui l'exprimaient, il la faisait passer dans ses actes, dans son attitude, son geste et le son de sa voix. Enfin, il la pratiquait avec cette incontestable supériorité qu'elle exige entre gens comme il faut pour être subie ; car elle touche à la grossièreté comme le sublime touche au ridicule et, si elle sort de la nuance, elle se perd. Génie toujours à moitié voilé, l'Impertinence n'a pas besoin du secours des mots pour apparaître ; sans appuyer, elle a une force bien autrement pénétrante que l'épigramme la plus brillamment rédigée. Quand elle existe, elle est le plus grand porte-respect qu'on puisse avoir contre la vanité des autres, si souvent hostile, comme elle est aussi le plus élégant manteau qui puisse cacher les infirmités qu'on sent en soi. À ceux qui l'ont, qu'est-il besoin d'autre chose ? N'a-t-elle pas plus fait pour la réputation de Talleyrand que cet esprit même ? Fille de la Légèreté et de l'Aplomb, – deux qualités qui semblent s'exclure, – elle est aussi la sœur de la Grâce avec laquelle elle doit rester unie. Toutes deux s'embellissent de leur mutuel contraste. En effet, sans l'Impertinence, la Grâce ne ressemblerait-elle pas à une blonde trop fade, et sans la Grâce, l'Impertinence ne serait-elle pas une brune trop piquante ? Pour qu'elles soient bien ce qu'elles sont chacune, il convient de les entremêler.

Et voilà à quoi George Bryan Brummell réussissait mieux que personne. Cet homme, trop superficiellement jugé, fut une puissance si intellectuelle qu'il régna encore plus par les airs que par les mots. Son action sur les autres était plus immédiate que celle qui s'exerce uniquement par le langage. Il la produisait par l'intonation, le regard, le geste, l'intention transparente, le silence même ; et c'est une explication à donner du peu de mots qu'il a laissés. D'ailleurs, ces mots, à en juger par ceux qui les ont rapportés, manquent pour nous de saveur ou en ont trop : ce qui est une manière d'en manquer encore. On y sent l'âpre influence du génie salin de ce peuple qui boxe et s'enivre et qui n'est pas grossier où nous, Français, cesserions d'être délicats. Qu'on y songe : ce que l'on appelle exclusivement esprit, dans les produits de la pensée, tenant essentiellement à la langue, aux mœurs, à la vie sociale, aux circonstances qui changent le plus de peuple à peuple, doit mourir dépaysé dans l'exil d'une traduction. Même les expressions qui le caractérisent pour chaque nation sont intraduisibles avec netteté dans la profondeur de sens qu'elles ont. Essayez, par exemple, de trouver des corrélatifs au wit, à l'humour, au fun, qui constituent l'esprit anglais dans son originale triplicité. Muable comme tout ce qui est individuel, l'esprit ne se transborde pas plus d'une langue dans une autre que la poésie qui, du moins, s'inspire de sentiments généraux. Comme de certains vins, qui ne savent pas voyager, il doit être bu sur son terroir. Il ne sait pas vieillir non plus ; il est de la nature des plus belles roses qui passent vite, et c'est peut-être le secret du plaisir qu'il cause. Dieu a souvent remplacé la durée par l'intensité de la vie, afin que le généreux amour des choses périssables ne se perdît pas dans nos cœurs.

On ne citera donc pas les mots de Brummell. Ils ne justifieraient pas sa renommée, et pourtant ils la lui méritèrent ; mais les circonstances dont ils ont jailli, et qui les avaient chargés d'électricité, pour ainsi dire, ne sont plus. Ne remuons pas, ne comptons pas ces grains de sable qui furent des étincelles et que le temps dispersa après les avoir éteints. Grâce à la diversité des vocations, il y a des gloires qui ne sont rien plus que du bruit dans un silence, et qui doivent à jamais alimenter la rêverie, en désespérant la pensée.

Seulement, comment n'être pas frappé de ce vague de gloire tombant sur un homme aussi positif que Brummell, qui l'était trois fois, puisqu'il était vaniteux, Anglais et Dandy ! Comme tous les gens positifs qui ne vivent pas loin d'eux-mêmes et qui n'ont de foi et de volonté que pour les jouissances immédiates, Brummell ne désira jamais que celles-là et il les eut à foison. Il fut payé par la destinée de la monnaie qu'il estimait le plus. La société lui donna tous les bonheurs dont elle dispose, et pour lui il n'y avait pas de plus grandes félicités ; car il ne pensait pas comme Byron, – tantôt renégat et tantôt relaps du Dandysme, – que le monde ne vaut pas une seule des joies qu'il nous ôte. À cette vanité, éternellement enivrée, le monde n'en avait pas ôté. De 1799 jusque vers 1814, il n'y eut pas de rout à Londres, pas de fête où la présence du grand Dandy ne fût regardée comme un triomphe et son absence comme une catastrophe. Les journaux imprimaient son nom, à l'avance, en tête des plus illustres invités. Aux bals d'Almack, aux meetings d'Ascot, il pliait tout sous sa dictature. Il fut le chef du club Watier, dont lord Byron était membre, avec lord Alvanlay, Mildmay et Pierrepoint. Il était l'âme (est-ce l'âme qu'il faut dire ?) du fameux pavillon de Brighton, de Carlton-House, de Belvoir. Lié plus particulièrement avec Sheridan, la duchesse d'York, Erskine, lord Townshend et cette passionnée et singulière duchesse de Devonshire, poète en trois langues, et qui embrassait les bouchers de Londres, avec ses lèvres patriciennes, pour enlever des voix de plus à M. Fox, il s'imposait jusqu'à ceux qui pouvaient le juger, qui auraient pu trouver le creux sous le relief, si réellement il n'avait été que le favori du hasard. On a dit que madame de Staël fut presque affligée de ne pas lui avoir plu. Sa toute-puissante coquetterie d'esprit fut éternellement repoussée par l'âme froide et la plaisanterie éternelle du Dandy, de ce capricieux de neige qui avait d'excellentes raisons pour se moquer de l'enthousiasme. Corinne échoua sur Brummell comme sur Bonaparte : rapprochement qui rappelle le mot de lord Byron cité déjà. Enfin, succès plus original encore : une autre femme, lady Stanhope, l'amazone arabe qui sortit au galop de la civilisation européenne et des routines anglaises, – ce vieux Cirque où l'on tourne en rond, – pour ranimer ses sensations dans le péril et l'indépendance du désert, ne se rappelait, après bien des années d'absence, de tous les civilisés laissés derrière elle, que le plus civilisé peut-être, – le Dandy George Brummell.

Certes, quand on fait le compte de ces impressions vivantes, ineffaçables, sur les premières têtes d'une époque, on est obligé de traiter celui qui les a produites, fût-ce un fat, avec le sérieux que l'on doit à tout ce qui prend en vainqueur les imaginations des hommes. Les poètes, par cela seul qu'ils réfléchissent peur temps, se sont imprégnés de Brummell. Moore l'a chanté ; mais qu'est-ce que Moore ? Brummell fut peut-être une des muses de Don Juan, invisible au poète. Toujours est-il que ce poème étrange a le ton essentiellement dandy d'un bout à l'autre, et qu'il éclaire puissamment l'idée que nous pouvons concevoir des qualités et du genre d'esprit de Brummell. C'est par ses qualités évanouies qu'il monta sur l'horizon et s'y maintint. Il n'en descendit pas ; mais il en tomba, emportant avec lui, dans sa perfection, une chose qui, depuis lui, n'a plus reparu que dégradée. Le Turf hébétant a remplacé le dandysme. Il n'y a plus maintenant dans le High life que des jockeys et des fouetteurs de chiens.

XI

On touche vite, quand on écrit cette histoire d'impressions plutôt que de faits, à la disparition du météore, à la fin de cet incroyable roman (qui n'est pas un conte), dont la société de Londres fut l'héroïne et Brummell le héros. Mais, dans la réalité, cette fin se fit longtemps attendre. — À défaut de faits, – la mesure historique du temps, – qu'on prenne les dates, et l'on jugera de la profondeur de cette influence par sa durée. De 1793 à 1816, il y a vingt-deux ans. Or, dans le monde moral comme dans le monde physique, ce qui est léger se déplace aisément. Un succès continu de tant d'années montre donc que c'était bien à un besoin de nature humaine, sous la convention sociale, que répondait l'existence de Brummell. Aussi, quand plus tard il fut obligé de quitter l'Angleterre, l'intérêt qu'il avait concentré sur sa personne n'était pas épuisé. L'enthousiasme ne se détournait pas de lui. En 1812, en 1813, il était plus puissant que jamais, malgré les échecs que le jeu avait faits à sa fortune matérielle, la base de son élégance. En effet, il était fort grand joueur. On n'a pas besoin d'examiner s'il avait trouvé dans son organisme ou dans les tendances de la société qu'il voyait cette audace de l'inconnu et cette soif d'aventures qui font les joueurs et les pirates ; mais ce qu'il y a de certain, c'est que la société anglaise est encore plus avide d'émotions que de guinées, et qu'on ne domine une société qu'en épousant ses passions. Outre les pertes au jeu, une autre raison, à ce qu'il semble, pour que Brummell déclinât, c'était sa brouillerie avec le prince qui l'avait aimé et qui avait été, pour ainsi dire, le seul courtisan de leurs relations. Le Régent commençait à vieillir. L'embonpoint, ce polype qui saisit la beauté et la tue lentement dans ses molles étreintes, l'embonpoint l'avait pris, et Brummell, avec son implacable plaisanterie et cet orgueil de tigre que le succès inspire aux cœurs, s'était quelquefois moqué des efforts de coquette impuissante à réparer les dégâts du temps qui compromettaient le prince de Galles. Comme il y avait à Carlton-House un concierge d'une monstrueuse corpulence qu'on avait surnommé Big-Ben (le Gros-Ben), Brummell avait déplacé le surnom du valet au maître. Il appelait aussi madame Fitz-Herbert Benina. Ces audacieuses dérisions ne pouvaient manquer de pénétrer jusqu'au fond de ces âmes vaniteuses, et madame Fitz-Herbert ne fut pas le seule des femmes qui entouraient le prince héréditaire à s'offenser des familiarités de l'ironie de Brummell. Telle fut, pour le dire en passant, la cause réelle de la disgrâce qui frappa soudainement le grand Dandy. L'histoire de la sonnette, racontée d'abord pour l'expliquer, est apocryphe, à ce qu'il paraît. M. Jesse ne s'appuie pas seulement pour la repousser sur la dénégation de Brummell, mais encore sur la vulgaire impudence (the vulgar impudence) qu'elle révèle, et il a raison ; car l'impudence était bien souvent dans le Dandy, mais la vulgarité n'y était jamais. Un fait d'ailleurs isolé, quelque expressif qu'il soit, ne vaut pas en gravité, pour motiver une disgrâce, les cent mille coups de dard d'aspic lancés par Brummell de sa façon la plus légère contre les affections du Régent. Ce que le mari de Caroline de Brunswick avait toléré, l'amant de madame Fitz-Herbert, de lady Conyngham, ne devait pas le supporter. Et l'eût-il supporté encore, le favori eût-il impunément blessé les favorites, que le prince, attaqué dans sa personne physique, son véritable moi, ne l'aurait pas souffert sans ressentiment. Le « Quel est ce gros homme ? » dit publiquement par Brummell à Hyde Park, en désignant Son Altesse Royale, et une foule d'autres mots semblables expliquent tout, bien mieux qu'un oubli de convenances, justifié du reste par un pari.

Mais ni l'éloignement rancunier du prince, ni les revers au jeu, n'avaient encore, vers cette époque (1813), ébranlé la position de Brummell. La main qui avait servi à son élévation en se retirant ne l'avait pas fait tomber, et l'opinion des salons lui était demeurée fidèle. Ce ne fut pas assez. Le Régent vit avec amertume un Dandy à moitié ruiné lutter fièrement d'influence contre lui, l'homme le plus élevé de la Grande-Bretagne. Anacréon-Archiloque Moore, qui n'écrivait pas toujours sur du papier bleu céleste, et dont la haine irlandaise savait trouver parfois le mot qui poignarde le mieux, mettait dans la bouche du prince de Galles ces vers adressés au duc d'York et cités partout : « Je n'ai jamais eu de ressentiment ou d'envie de nuire à personne, excepté, maintenant que j'y pense, au beau Brummell, qui m'a menacé l'an dernier avec colère de me faire rentrer dans le néant, et d'introduire, à ma place, dans la fashion, le vieux roi George. » Ces vers offensants ne donnaient-ils pas raison au propos tenu par le roi des Dandys, sur le Dandy royal, au colonel Mac-Mahon : « Je l'ai fait ce qu'il est, je peux bien le défaire ; » et ne prouvaient-ils pas jusqu'à l'évidence combien le pouvoir d'opinion qu'exerçait ce Warwick de l'élégance lui appartenait en propre et à quel point il était indépendant et souverain ? Une autre preuve encore plus éclatante de ce pouvoir fut donnée, en cette même année 1813, par les chefs du club Watier qui, préparant une fête solennelle, mirent en sérieuse délibération s'ils inviteraient le Prince de Galles, par cela seul qu'il était brouillé avec G. Brummell. Il fallut que Brummell, qui savait mettre de l'impertinence jusque dans ses générosités, insistât fortement pour que le Prince fût invité. Sans nul doute, il était bien aise de voir chez lui (puisqu'il était du Club) l'amphitryon qu'il ne voyait plus à Carlton-House, de se ménager ce face-à-face en présence de toute la jeunesse dorée de l'Angleterre ; mais le prince, au-dessous de lui-même dans cette entrevue, oubliant ses prétentions de gentilhomme accompli, ne se souvint pas même des devoirs que l'hospitalité impose à ceux qui la reçoivent, et Brummell, qui s'attendait à opposer Dandysme à Dandysme, répondit à l'air de la bouderie par cette élégante froideur qu'il portait sur lui comme une armure et qui le rendait invulnérable.

De tous les clubs de l'Angleterre, c'était précisément ce club Watier où la fureur du jeu dominait le plus. Il s'y passait d'affreux scandales. Ivres de porto gingembré, ces blasés, dévorés de spleen, y venaient chaque nuit cuver le mortel ennui de leur vie et soulever leur sang de Normands, – ce sang qui ne bout que quand on prend ou qu'on pille, – en exposant sur un coup de dé les plus magnifiques fortunes. Brummell, on l'a vu, était l'astre de ce fameux club. Il ne l'aurait point été s'il ne se fût pas plongé au plus épais du jeu et des paris qu'on y tenait. À la vérité, il n'était ni plus ni moins joueur que tous ceux qui s'agitaient dans ce charmant Pandémonium où l'on perdait des sommes immenses avec l'indifférence parfaite qui, dans ces occasions, était pour les Dandys ce qu'était la grâce pour les gladiateurs tombant au Cirque. Beaucoup, – ni plus ni moins que lui, – éprouvèrent dans tous les sens la chance commune ; mais beaucoup aussi purent l'affronter plus longtemps. Quoique habile à force de sang-froid et d'habitude, il ne pouvait rien contre le hasard qui devait mater le bonheur de sa vie par la pauvreté de ses derniers jours. En 1814, les étrangers arrivés à Londres, les officiers russes et prussiens des armées d'Alexandre et de Blücher, redoublèrent la conflagration du jeu parmi les Anglais. Ce fut pour Brummell le moment terrible du désastre. Il y avait dans sa gloire et dans sa position un côté aléatoire par lequel l'une et l'autre devaient s'écrouler. Comme tous les joueurs, il s'acharna contre le sort et fut vaincu. Il eut recours aux usuriers et s'engouffra dans les emprunts : on a dit même, avec sa dignité ; mais rien de précis n'a été articulé à cet égard. Ce qui aurait pu autoriser quelques bruits peut-être, c'est qu'il était doué des qualités dangereuses qui relèvent, par la pose, jusqu'à la bassesse, et qu'il en abusa parfois. Ainsi, par exemple, on se souvenait de l'avoir vu accepter, dans ses gênes dernières, une somme assez considérable de quelqu'un qui voulait compter parmi les Dandys, en se réclamant de l'homme qu'ils reconnaissaient pour leur maître. Depuis, l'argent ayant été redemandé au milieu d'un cercle nombreux, Brummell avait tranquillement répondu à l'importun créancier qu'il avait été payé. « Payé ! quand ? » avait dit le prêteur surpris ; et Brummell avait répondu avec son ineffable manière : « Mais quand je me tenais à la fenêtre de White, et que je vous ai dit, à vous qui passiez : Jemmy, comment vous portez-vous ? » Une telle réponse traînait la grâce jusqu'au cynisme, et il n'en faut pas beaucoup de semblables pour que les hommes qui les entendent ne prennent plus la peine d'être justes.

Du reste, l'heure à laquelle on ne l'est plus pour personne, l'heure du malheur, allait sonner pour Brummell. Sa ruine était consommée ; il le savait. Avec son impassibilité de Dandy, il avait calculé, montre à la main, le temps qu'il devait rester sur le champ de bataille, sur le théâtre des plus admirables succès qu'homme du monde ait jamais eus, et il avait résolu de n'y pas montrer l'humiliation après la gloire. Il fit comme ces fières coquettes qui aiment mieux quitter ce qu'elles aiment encore que d'être quittées par qui ne les aime plus. Le 16 de mai 1816, après avoir dîné d'un chapon envoyé par Watier, il but une bouteille de bordeaux, — Byron en avait bu deux quand il avait répondu à la Revue d'Édimbourg par sa satire des Bardes anglais et des critiques écossais, – et il écrivit, sans espoir et nonchalamment, comme un homme perdu tente le sort, cette lettre qu'on a déjà citée :

« Mon cher Scrope, envoyez-moi deux cents livres. La Banque est fermée et tous mes fonds sont dans le trois pour cent. Je vous rendrai cet argent demain matin. Tout à vous.

« George Brummell. »

Il lui fut répondu immédiatement par Scrope Davies ce billet, spartiate de laconisme et d'amitié :

« Mon cher George, c'est très malheureux ; mais tous mes fonds sont dans le trois pour cent. Tout à vous.

« Scrope. »

Brummell était trop Dandy pour se blesser d'un tel billet. Il n'était pas homme à moraliser là-dessus, dit spirituellement M. Jesse. Il avait jeté, par amour de joueur pour les décisions du hasard, une feuille sur l'eau, et l'eau l'emportait ! La réponse de Scrope avait une sécheresse cruelle ; mais elle n'était pas vulgaire. De Dandy à Dandy, l'honneur restait donc sain et sauf. Brummell fit une stoïque toilette et le soir même parut à l'Opéra. Il y fut ce qu'est le Phénix sur bûcher et plus beau encore, car il sentait qu'il ne renaîtrait pas de ses cendres. En le voyant, qui aurait dit un homme foudroyé ? Après l'opéra, la voiture qu'il prit fut une chaise de poste. Le 17, il était à Douvres, et le 18 il avait quitté l'Angleterre. Quelques jours après ce départ, on vendit by auction et par ordre du shérif de Middlesex l'élégant mobilier du Dandy (man of fashion) « parti pour le continent », ainsi que le disait le livre de vente. Les acheteurs furent ce qu'il y avait de plus à la mode à Londres et de plus distingué dans l'aristocratie anglaise. On comptait parmi eux le duc d'York, les lords Yarmouth et Besborough, lady Warburton, sir H. Smyth, sir H. Peyton, sir W. Burgoyne, les colonels Sheddon et Cotton, le général Phipps, etc., etc. Tous voulaient, et payèrent comme des Anglais qui désirent, ces reliques précieuses d'un luxe épuisé, ces objets consacrés par le goût d'un homme, ces frêles choses fungibles, touchées et à moitié usées par Brummell. Ce qui fut payé le plus cher par cette société opulente, chez laquelle le superflu était devenu le nécessaire, fut précisément ce qui avait le moins de valeur en soi, les babioles (the knick-knacks) qui n'existent que par la main qui les a choisies et le caprice qui les a fait naître. Brummell passait pour avoir une des plus nombreuses collections de tabatières qu'il y eût en Angleterre. On en ouvrit une, dans laquelle on trouva, écrit de sa main : « Je destinais cette boîte au Prince Régent, s'il s'était mieux conduit avec moi. » Le naturel d'une pareille phrase la rend plus impertinente encore. Il n'y a que des fatuités de petite espèce qui manquent de simplicité.

Arrivé à Calais, « cet asile des débiteurs anglais », Brummell chercha à tromper l'exil. Il avait emporté dans sa fuite quelques débris de sa magnificence passée, et ces débris d'une fortune anglaise étaient presque une fortune en France. Il loua chez un libraire de la ville un appartement qu'il meubla avec une somptueuse fantaisie, et de manière à rappeler son boudoir de Chesterfield-Street ou ses salons de Chapel-Street, dans Park-Lane. Ses amis, s'il est permis de tracer un mot si sincère, car les amis d'un Dandy sont toujours un peu les sigisbées de l'amitié, fournirent aux dépenses de sa vie, qui garda longtemps un certain éclat. Le duc et la duchesse d'York, avec lesquels il s'était lié plus étroitement depuis sa rupture avec le prince de Galles, M. Chamberlayne et beaucoup d'autres, alors et plus tard, vinrent très noblement en aide au Beau malheureux, montrant ainsi, et plus éloquemment que jamais, la force d'impression qu'il avait exercée sur tous ceux qui l'avaient connu. Il fut pensionné par les hommes qu'il avait charmés, comme un écrivain, un orateur politique, le sont quelquefois par les partis dont ils représentent les opinions. Cette libéralité, qui n'emporte avec elle aucune idée dégradante dans les mœurs anglaises, n'était pas nouvelle. Chatham n'avait-il pas reçu une somme considérable de la vieille duchesse de Marlborough, pour un discours d'opposition, et Burke lui-même, qui n'avait pas la largeur de Chatham et qui faisait du bombast en vertu comme en éloquence, n'avait-il pas accepté du ministre, le marquis de Rockingham, une propriété qui le rendit éligible au Parlement ? Ce qui était nouveau, c'était la cause même de cette libéralité. On était reconnaissant au nom d'un plaisir senti comme au nom d'un service rendu, et l'on avait raison ; car le plus grand service à rendre aux sociétés qui s'ennuient, n'est-ce pas de leur donner un peu de plaisir ?

Mais il y eut plus étonnant encore que cet exemple d'une reconnaissance toujours rare. L'ascendant du Dandy n'était pas mort du coup de l'absence ; il survivait à son départ. Les salons de la Grande-Bretagne s'occupèrent autant de Brummell exilé que quand il était là, dictant ses arrêts à ce monde qu'on soumet quand on l'aime, mais qui écrase quand on le fuit. L'attention publique perçait le brouillard, franchissait la mer et l'atteignait sur l'autre rive, dans cette ville étrangère où il s'était réfugié. La fashion fit maint pèlerinage à Calais. On y vit les ducs de Wellington, de Rutland, de Richmond, de Beaufort, de Bedford ; les lords Sefton, Jersey, Willoughby, d'Eresby, Craven, Ward et Stuart de Rothsay. Aussi superbe qu'à Londres, Brummell conserva toutes les habitudes de sa vie extérieure. Un jour, lord Westmoreland, passant par Calais, lui manda qu'il serait heureux de lui donner à dîner, et que le dîner serait pour trois heures. Le Beau répondit qu'il ne mangeait jamais à cette heure-là, et refusa Sa Seigneurie. Il vivait, du reste, avec la monotone routine des Anglais oisifs sur le continent, et dans une solitude troublée seulement par les visites de ses compatriotes. Quoiqu'il n'affectât pas de hauteur aristocratique ou misanthropique, sa courtoisie avait si grand air qu'elle n'attirait pas beaucoup les hommes dont le hasard l'avait rapproché ; il restait étranger par le langage, et il le restait davantage par les habitudes de son passé. Un Dandy est plus insulaire qu'un Anglais ; car la société de

Londres ressemble à une île dans une île, et d'ailleurs il ne faut pas être trop souple pour y paraître distingué. Cependant, malgré sa réserve un peu orgueilleuse, il résistait moins aux avances quand on les faisait sous les apparences d'un bon dîner. Son amour de la table, fin comme un goût et exigeant comme une passion, avait toujours été un des côtés les plus développés de son sybaritisme. Cette sensualité, assez commune chez les hommes spirituels, rendait sa vanité moins intraitable ; mais son incomparable aplombe couvrait tout. « Qu'est cela qui vous salue, Sefton ? » disait-il à lord Sefton dans une promenade publique ; et c'était l'honnête provincial chez lequel, lui, Brummell, dînait le jour même, qui le saluait.

Il habita Calais plusieurs années. Sous le vernis de cette vanité toujours en grande tenue, il cacha probablement bien des douleurs. Parmi toutes les autres il y en eut aussi d'intelligence. En effet, suprêmement homme de conversation, la conversation lui était devenue impossible. Son esprit, qui avait besoin pour s'enflammer de l'étincelle de l'esprit d'autrui, demeurait sans ressource. Rude angoisse que Mme de Staël a sentie ! La pensée qu'il lançait son nom jusqu'à Londres, que les plus pimpants de ce monde qu'il ne hantait plus venaient de temps en temps lui apporter quelque souvenir mêlé d'une curiosité impérissable, ne suffisait plus pour le dédommager de ce qu'il avait perdu. Mais la vanité d'un Dandy, quand elle souffre, est presque de l'orgueil ; elle devient muette comme la honte. Qui a tenu compte de cela à l'homme frivole ? Ne sachant peut-être comment occuper des facultés désormais inutiles, il se jeta dans une correspondance avec la duchesse d'York, pour laquelle il peignit un écran très compliqué et dont il inventa les figures. À Belvoir, à Oatlands, partout le duc et la duchesse d'York l'avaient comblé ; mais depuis la trahison de la fortune, la duchesse lui avait montré un sentiment qui jette un reflet de sérieuse tendresse sur cette vie brillante et aride. Brummell ne l'oublia jamais. Il paraît même que, sans l'amitié de la duchesse d'York, à laquelle il avait promis de ne point révéler ce qu'il savait de la vie intime du Régent, il aurait écrit des Mémoires et refait ainsi sa fortune ; car les libraires de Londres lui proposèrent des sommes immenses pour prix de ses indiscrétions. Ce silence très délicat, du reste (que la duchesse le lui ait fait garder ou qu'il l'ait gardé de lui-même), ne toucha pas beaucoup l'épais égoïsme de George IV. Quand il traversa Calais, il est vrai, pour aller visiter son royaume de Hanovre (1821), il laissa, avec la mollesse d'une âme blasée, arranger les choses autour de lui pour une réconciliation ; mais Brummell ne se prêta qu'à moitié à ces combinaisons officieuses. Comme la vanité ne nous lâche jamais, même sur la roue, il ne voulut point demander d'audience au prince qui n'était qu'un Dandy fort inférieur à ce qu'il était, lui, à ses propres yeux. Placé sur le passage de George, il s'y tint avec une douloureuse contrainte. L'ancien convive de Carlton-House le vit sans l'espèce d'émotion qu'on trouve à revoir un compagnon de sa jeunesse, – ce regret souriant du passé, poésie à l'usage des plus vulgaires. Dans un autre moment, comme on lui offrit une tabatière qu'il reconnut pour avoir fait partie de la fameuse collection de Brummell, il demanda qu'on le lui présentât et fixa l'heure de la réception pour le lendemain. Que serait-il arrivé s'il l'avait vu ? Le Roi de Calais, comme on disait de Brummell, serait-il retourné régner à Londres ? Mais le lendemain, des dépêches ayant forcé George IV d'avancer son départ, Brummell fut parfaitement oublié. Son peu d'empressement avait été au moins égal à l'indifférence du prince. C'était une faute que cet indolent dégoût de toute avance vis-à-vis du roi d'Angleterre, quand on se place au point de vue de la politique de la vie ; mais, s'il ne l'avait pas commise, il aurait été moins Brummell.

Depuis, George IV ne reparla jamais du Dandy aperçu à Calais : il retomba dans l'engourdissement des souvenirs. Brummell ne se plaignit pas ; il garda le ferme et discret silence qui est le bon goût de la fierté. Pourtant, les événements qui suivirent eussent motivé, dans une âme plus faible, bien des récriminations. En très peu de temps, ses ressources d'Angleterre s'épuisèrent, les dettes vinrent, la misère aussi. Il allait commencer de descendre cet escalier de l'exil dans la pauvreté, dont parle Dante, et au bas duquel il devait trouver la prison, l'aumône et un hôpital de fous pour y mourir. La main qui l'arrêta encore sur les premières marches de cet horrible escalier fut une main royale, la main de Guillaume IV, dont le gouvernement créa une place de consul à Caen et la lui donna. D'abord maigrement rétribué, ce poste finit par ne plus l'être ; il s'effaça sous l'incapacité dédaigneuse de Brummell à le remplir. Plus tard même, il lui fut ôté. Les gouvernements qui devraient classer les hommes, quand ils les placent à rebours de leur vocation, croient-ils avoir fait beaucoup pour eux ? Le temps que Brummell passa à Caen fut une des plus longues phases de sa vie. La Noblesse de cette ville montra, par l'accueil qu'elle lui fit et la considération dont elle l'entoura, que les ancêtres des Anglais étaient des Normands. Cela put lui adoucir, mais non lui épargner les angoisses qui déchirèrent ses derniers jours. M. Jesse a fait le compte de ces abaissements, de ces douleurs : nous, nous les tairons. Pourquoi les raconter ? C'est du Dandy qu'il est question, de son influence, de sa vie publique, de son rôle social. Qu'importe le reste ? Quand on meurt de faim, on sort des affectations d'une société quelconque, on rentre dans la vie humaine : on cesse d'être Dandy. Laissons cela. Seulement, rendons cette justice à Brummell, qu'il le fut aussi avant qu'homme puisse l'être dans la pauvreté et dans la faim. La faculté qui chez lui dominait resta longtemps debout sur les ruines de sa vie. Les . autres, qui n'existaient que pour soutenir celle-là en s'harmonisant avec elle, ne purent rien pour sa gloire et pas grand-chose pour son bonheur. Ainsi, il était poète. Il avait juste en lui le degré d'imagination nécessaire à un homme dont la vocation est de plaire ; mais ce qu'il a laissé de poésies, remarquable pour un Dandy, n'illustrerait pas un écrivain. Nous n'avons donc point à nous en occuper. Dans cette étude d'homme si spécial à sa manière, tout ce qui n'est pas la vocation même, le doigt de Dieu sur l'intelligence, doit être laissé à l'écart.

XII

On sait quelle fut cette vocation et comme il la remplit. Il était né pour régner par des facultés très positives, quoique Montesquieu, un jour dépité, les ait appelées le je ne sais quoi, au lieu de montrer ce qu'elles sont. Ce fut par là qu'il prima son époque. Comme l'aurait dit le prince de Ligne, « Il fut roi par la grâce de la Grâce ; » mais à la condition qui pèse sur nous tous, chercheurs d'influence, d'accepter de son temps les préjugés et même jusqu'à un certain point les vices. Aveu triste à faire pour les chastes amis du vrai en toutes choses : si sa grâce avait été plus sincère, elle n'aurait pas été si puissante ; elle n'eût pas séduit et captivé une société sans naturel. À quel degré de civilisation raffinée, de corruption secrète, la société anglaise est-elle en effet arrivée, pour que ce soit un mot profond et juste que celui-ci, dit à propos d'un Dandy comme Brummell : Il déplaisait trop généralement pour ne pas être recherché ? Ne reconnaît-on pas là le besoin d'être battues qui prend quelquefois les femmes puissantes et débauchées ? Est-ce que la grâce simple, naïve, spontanée, serait un stimulant assez fort pour remuer ce monde épuisé de sensations et garrotté par des préjugés de toute sorte ? Si l'on restait parfaitement soi dans un tel milieu, que serait-on ? à peine aperçu par quelques âmes d'élite, restées saines et grandes : public, hélas ! bien incertain. Or on est vaniteux, on veut l'approbation des autres ; mouvement charmant du cœur humain que l'on a trop calomnié. C'est toute l'explication peut-être des affectations du Dandysme. Il ne serait donc, en définitive, que la grâce qui se fausse pour être mieux sentie dans une société fausse, et, dans ce sens, que le naturel, bien compromis, il est vrai, mais impérissable.

On l'a dit au commencement de cet écrit : le jour où la société qui produit le Dandysme se transformera, il n'y aura plus de Dandysme ; et comme déjà, malgré son attache à ses vieilles mœurs qui ressemble à un fatal esclavage, l'aristocratique et protestante Angleterre s'est fort modifiée depuis vingt ans, il n'est guère plus que la tradition d'un jour. Qui l'aurait cru ou plutôt qui aurait pu ne pas le prévoir ? Cette modification s'est produite dans le sens d'une pente invariable. Victime de sa vie historique, l'Angleterre, après avoir fait un pas vers l'avenir, revient s'asseoir dans son passé. Si haut qu'elle cingle sur la mer du temps, elle ne brise jamais entièrement, – comme le Corsaire de son plus grand poète, – la chaîne qui l'attache au rivage. Pour elle, qui retient tout, qui garde tout, marble to retain, l'habitude asservit d'étrange sorte. Pour elle, la septième peau du serpent ressemble toujours à la première qui l'a dépouillée. On croit un instant la trace de ce qui n'est plus évanouie : on écrit sur ce palimpseste, et il ne faut qu'une circonstance pour que ce qu'on croyait effacé reparaisse, lisible, ferme, éclatant. Aujourd'hui le Puritanisme auquel le Dandysme, avec les flèches de sa légère moquerie, a fait une guerre de Parthe, – en le fuyant plutôt qu'en l'attaquant de front, – le Puritanisme blessé se relève et panse ses blessures. Après Byron, après Brummell, – ces deux railleurs d'un ordre si différent, mais d'une influence peut-être égale, – qui n'aurait pas cru sur le flanc la vieille moralité anglicane ? Eh bien, non, elle n'y est pas. Le cant indéfectible, immortel, a vaincu encore. L'aimable fantaisie n'a qu'à jeter son sang d'essence de roses vers le ciel. Elle succombe sous l'opiniâtre nature de ce peuple indomptablement coutumier, l'absence de ces grands écrivains qui électrisent les imaginations et leur communiquent toutes les audaces, et enfin l'influence sur la haute société d'une jeune reine qui a l'affectation de l'amour conjugal, comme Élisabeth avait celle de la virginité. Quelles meilleures sources d'hypocrisie et de spleen ? Le méthodisme, qui était passé des mœurs dans la politique, repasse, à l'heure qu'il est, de la politique dans les mœurs. Un poète, un homme de race, qui tient de sa naissance le très facile courage d'avoir une opinion indépendante, comme il pourrait attendre de son talent une inspiration vraie, lord John Manners, ne vient-il pas de publier un volume de poésies en l'honneur de l'Église établie d'Angleterre ? Shelley, l'athée, n'aurait plus même la sécurité de l'exil. Le libéralisme d'idées, qui avait lui comme un rayon de l'intelligence de ses plus grands hommes sur ce pays du pharisaïsme hautain, de la convenance glacée et menteuse, n'a brillé qu'un moment rapide, et la momie du sentiment religieux, le formalisme, y règne toujours au fond de son sépulcre blanchi. Tout est fini, tout est mort de cette belle société dont Brummell fut l'idole, parce qu'il en était l'expression dans les choses du monde, dans les relations de pur agrément. De dandy comme Brummell on n'en reverra plus ; mais des hommes comme lui, et même en Angleterre, quelque livrée que le monde leur mette, on peut affirmer qu'il y en aura toujours. Ils attestent la magnifique variété de l'œuvre divine : ils sont éternels comme le caprice. L'humanité a autant besoin d'eux et de leur attrait que de ses plus imposants héros, de ses grandeurs les plus austères. Ils donnent à des créatures intelligentes le plaisir auquel elles ont droit. Ils entrent dans le bonheur des sociétés comme d'autres hommes font partie de leur moralité. Natures doubles et multiples, d'un sexe intellectuel indécis, où la grâce est plus grâce encore dans la force, et où la force se retrouve encore dans la grâce ; Androgynes de l'Histoire, non plus de la Fable, et dont Alcibiade fut le plus beau type chez la plus belle des nations.

UN DANDY D'AVANT LES DANDYS

I

Cette étude sur le Dandysme et sur l'homme qui le particularise le plus exactement et le plus irréductiblement, en sa personne, est-elle complète et donnera-t-elle une idée suffisante de la chose si profondément, – si insulairement anglaise du Dandysme ? Tout anglaise qu'elle soit, nonobstant, on l'a vu, cette chose n'est pas exclusivement un phénomène de société, – une monstruosité, pourraient dire les puritains et les cœurs tendres, qui se rencontreraient, de cette fois. Le Dandysme a sa racine dans la nature humaine de tous les pays et de tous les temps, puisque la vanité est universelle. Ce qu'on pourrait appeler la corde du Dandysme dort, pour s'éveiller, au milieu des trente-six mille cordes qui composent ce diable d'instrument si compliqué et parfois si détraqué de la nature humaine. Mais c'est l'Angleterre qui l'a le mieux fait retentir ! On a cité Richelieu et on l'a opposé à Brummell, pour faire sentir la différence qu'ont mise entre eux la société et la race, à ces deux fats, bâtis sur le même pilotis ! Richelieu, en effet, avait la corde du Dandysme, mais sa vibration était couverte en lui par d'autres vibrations plus puissantes. Un Dandy encore, d'avant les Dandys, comme Richelieu, avant même que la chose nommée Dandysme fût nommée et que des observateurs à l'analyse superfine l'eussent étudiée comme une chose en soi, fut Lauzun – Lauzun, bien plus fort que Richelieu, quoiqu'il n'ait pas pris Port-Mahon…

Il avait pris plus difficile… C'était la grande Mademoiselle et il la prit tout seul – ce que ne fit pas Richelieu pour Port-Mahon. – Chose à noter ! il la prit surtout par le Dandysme qui était en lui, sans qu'il s'en doutât – ni elle non plus ! Lauzun était digne d'être Anglais. S'il l'eût été, il aurait fait un des plus magnifiques Dandys de l'Angleterre. Il avait l'égoïsme anglais – le plus terrible égoïsme qui ait existé depuis l'égoïsme romain… De mise, d'originalité – mais nuancée – dans la mise, de prétention de n'être pas comme les autres, quand les autres étaient tous égaux devant Louis XIV ; de sang-froid, de gouvernement de lui-même, d'inattendu dans la conduite (car un des caractères des Dandys, c'est de ne jamais faire ce qu'on attend d'eux), Lauzun fut un Dandy. Il eut la vanité impitoyable, la vanité tigre des Dandys. Rappelez-vous la scène (dans les Mémoires de Saint-Simon) où il met son talon sur la main d'une duchesse – (les talons se portaient hauts sous Louis XIV, comme celui des femmes d'aujourd'hui, 1879) et où il pirouette sur ce talon pour l'enfoncer dans la chair, comme un villebrequin. C'est à faire crier le lecteur, s'il est nerveux… Il y aurait à écrite une belle étude sur Lauzun, si elle n'avait déjà été écrite, mais elle l'a été, et, pour comble de fortune dans la fatuité, elle l'a été par la princesse qui, de toutes les femmes, a le plus follement aimé Lauzun. Ce César Borgia avec les femmes, et entre toutes avec celle-là, ce César Borgia qui en aurait remontré à Machiavel, n'a pas eu besoin d'écrire ses Commentaires comme le grand César… Ils ont été écrits par la femme, sa conquête – une princesse amoureuse et maltraitée, et restée – amoureuse – tandis que Brummell n'a eu d'historiens que M. Jesse et moi.

D'adorables pages dans les Mémoires de Mlle de Montpensier donnent la mesure de Lauzun – de ce Dandy d'avant le Dandysme et de cet Anglais de France. Cela vaut un roman de Stendhal. Et certes ! c'est bien ici, et non ailleurs, la place pour en parler.

II

La grande Mademoiselle y est d'une originalité de princesse inconnue maintenant et d'une manière de sentir presque incompréhensible à nos pieds-plates mœurs. J'y trouve une belle chose des temps passés : l'orgueil dans le respect de soi et de sa race, qui est encore plus que soi. Elle était plus bourbonne que femme, et je conçois maintenant qu'elle fût contente d'avoir les dents noires, parce que c'étaient les dents de sa Maison.

Jusqu'à l'arrivée de Lauzun elle passe, dans ces Mémoires, sans une palpitation de cœur pour personne, n'ayant envie que d'épouser le vieil empereur d'Allemagne, uniquement parce qu'il est empereur. Courtisée par le roi d'Angleterre (Charles II, alors en France), elle ne s'en soucie. Elle voit d'un œil calme s'écrouler tous les châteaux de cartes, en fait de mariages, qu'on bâtit autour d'elle ; préoccupée de cela seul qu'il ne faut pas faire déroger une fille de France ! Si elle a rêvé, comme on l'a dit, de son cousin germain, Louis XIV, rien n'en transpire en ses Mémoires. L'orgueil impose silence à l'orgueil.

Cette princesse de substance, cette âme qui ne s'était émue que d'étiquette, cet être de cérémonial qui n'avait de visée que la grandeur, – une grandeur de théâtre et d'opinion, – (l'honneur de Montesquieu), vers quarante-trois ans, sent quelque chose s'agiter dans sa tête pour un homme. La nèfle est mûre... Une vierge de quarante-trois ans ! vierge de tout... peut-être même de curiosité, quelle passion ce doit être ! et racontée par Elle !... Cela doit être un livre inouï, et cela l'est... pour les connaisseurs.

III

Nous sommes ici très loin du cynisme de Rousseau, et des franchises modernes : et cependant, regardez-y ! elle est naïve à sa manière. Elle est vraie d'orgueil. Elle grandit l'homme qu'elle aime, parce qu'elle aime. Mais elle ne va pas au delà de ce grandissement. Il est évident qu'il était impossible qu'à ses yeux l'homme pour qui, à quarante-trois ans, elle allait éprouver cet amour dont rien, dans sa vie, ne lui avait donné l'idée, ne fût pas supérieur à tous les autres ; et dans la cour du grand Roi, jeune et beau alors comme un soleil de mai, il était difficile d'être supérieur à tous les autres par l'esprit, les manières, la beauté. Mais la supériorité de Lauzun, dans ce siècle de la Convenance où tout se ressemblait, c'est l'extraordinaire ; c'est ce que nous appellerions maintenant, car alors le mot n'existait pas : l'originalité. Avant de l'aimer, déjà, dans un carrousel, Mademoiselle est frappée de l'air de Lauzun (il était alors comte de Péguylem) et de sa devise orgueilleuse : une fusée qui monte dans les nues avec cette devise en espagnol : Je vais le plus haut qu'on peut monter. Elle la trouve singulière, cette devise. Singulière ! le mot y est.

Lauzun, avant d'être capitaine des Gardes, était colonel des dragons, dont les bonnets, dit-elle, « marquaient une espèce de bravoure dans cette troupe qu'on ne voyait pas dans les autres… » « Leur colonel parut, ajouta-t-elle, avec un air qui le distinguait autant des autres officiers qu'il l'avait fait dans les occasions où ils ne pouvaient l'imiter qu'avec peine… Il était extraordinaire en tout… Pour moi, qui le trouvais un homme d'esprit, j'aurais aimé, dès ce temps-là, à lui parler, tant la réputation d'honnête homme et d'homme singulier me touche ! Il était particulier. Il se communiquait à peu de gens. Je savais cela plus par autrui que par moi-même. » Quand il fut nommé capitaine des Gardes, dont il prit le bâton et fit la fonction, dit-elle encore, « avec un air grand et aisé, plein de soins, sans empressement, je commençai à le regarder comme un homme extradordinaire (c'est toujours la grande impression qu'il lui fait), très agréable en conversation, et je cherchais les occasions de lui parler. Je lui trouvais des manières d'expression que je ne voyais pas dans les autres gens. »

Tel fut donc son premier charme, à ce charmeur ! Dans ce grand siècle de la Convenance et dans ce cœur marbrifié de princesse, vous sentez bien qu'il n'y a pas ce que le siècle suivant appela le coup de foudre. On n'est pas nerveux et le magnétisme du regard est inconnu. Lauzun s'enfonce peu à peu dans l'attention de cette femme ennuyée et qui trouvait probablement, et peut-être sans bien s'en rendre compte, que tout se ressemblait par trop dans cette cour solennelle. Comme, si princesse qu'on soit, on a encore de la vanité féminine, l'homme à femmes en Lauzun donnait son petit coup d'aiguillon dans ce sang si fier. Elle dit en parlant d'Henriette d'Angleterre, duchesse d'Orléans : « Je n'avais aucun soupçon qu'il pût avoir pour elle de la galanterie... de cet attachement qu'il lui était ordinaire d'avoir pour beaucoup de dames. » À ce moment elle commence de voir dans son cœur. « Dieu (dit-elle avec une gravité à la Bossuet) est le maître de nos états. Il nous y laisse autant que la vanité de nos esprits le peut souffrir. S'il avait permis que je pusse regarder le mien comme le plus heureux que je pouvais choisir au monde, je me devais trouver satisfaite de ma naissance, de mon bien, etc., etc. Cependant, comme je l'ai dit, sans en savoir la raison, je m'ennuyais des endroits où je m'étais plu autrefois... » Ainsi, cela devait être, elle commence par l'ennui :

Mon Dieu, vous m'avez fait puissante et solitaire !

« J'en affectionnais d'autres qui m'avaient été indifférents... J'aimais la conversation de M. de Lauzun sans qu'il me passât rien de fixe dans la tête... » Comme tout est lent dans cette âme qui a tant de peine à se dégourdir ! « Après avoir passé un très long temps en ces agitations, reprend-elle, je voulus rentrer en moi-même et demander ce qui me faisait du plaisir et ce qui me faisait de la peine. Je connus qu'une autre condition que celle que j'avais éprouvée jusque-là faisait toute mon occupation ; que si je me mariais, je serais plus heureuse ; que de faire la fortune de quelqu'un, de lui donner de grands établissements, il m'en saurait gré, il en serait touché, il aurait de l'amitié pour moi et s'étudierait à faire tout ce qui pourrait me plaire... » Et après tout cet examen, au ton bossuétique, elle nomme Lauzun qu'elle appelle toujours M. de Lauzun, et ce qui la détermine pour lui, c'est surtout « les distinctions de sa conduite par rapport à celle des autres gens, l'élévation d'âme qu'il avait au-dessus des autres hommes, l'agrément de sa conversation et un million de singularités que je lui connaissais... »

Toujours les singularités, l'originalité, l'extraordinaire, l'imprévu pour elle dans sa routine de high life et de princesse ! Elle avait deviné le Dandysme moderne, cette femme-là ! car évidemment il est ici...

IV

Mathilde de la Môle (de Rouge et Noir) ne se rend pas mieux compte de ses sensations que Mademoiselle. Seulement, Mathilde combat et Mademoiselle est trop princesse pour combattre son sentiment... Puisqu'elle l'éprouve, c'est bien ! L'ennui la prend, quand elle ne le trouve point (Lauzun) dans la chambre de la reine. « Je voulais le voir chez la reine, ou seul, dans ma chambre, ou dans le Cours, soit par hasard, soit autrement. Je suis naturellement impatiente ; je ne pouvais souffrir personne. Le monde me mettait au désespoir... »

Dès ces forts symptômes, deux sentiments se produisent :

La résolution de déclarer son amour au roi et son inconsolabilité de ce que Lauzun, par sa conduite respectueuse et soumise, n'avait pas l'air de s'apercevoir de « tout ce qu'elle pensait pour lui ». Toujours princesse, d'ailleurs, au milieu de ces agitations, elle se préoccupe des exemples à trouver dans l'histoire de France des personnes de moindre qualité que Lauzun qui avaient épousé des filles et même des veuves de rois. Elle se rappelle les amours de Corneille et, chose curieuse ! elle envoie chercher à Paris un Corneille, parce qu'elle a vu dans ses Comédies (dit-elle) une espèce de destinée semblable à la sienne. Les œuvres de Corneille arrivées, elle apprend par cœur les vers qu'elle ne se rappelait que vaguement, n'y regardant, ajouta-t-elle, que du CÔTÉ DE DIEU ce que la plupart des hommes y considèrent avec des sentiments profanes. Voici ces vers, très dignes, du reste, de Corneille :

> Quand les ordres du ciel nous ont faits l'un pour l'autre,
> Lise, c'est un amour bientôt fait que le nôtre.
> Sa main entre les cœurs par un secret pouvoir
> Sème l'intelligence avant que de se voir !
> Il prépare si bien l'amant et la maîtresse
> Que leur âme au seul nom s'émeut et s'intéresse.
> On s'estime, on se cherche, on s'aime en un moment,
> Tout ce qu'on s'entredit persuade aisément,
> Et sans s'inquiéter de mille peurs frivoles
> La foi semble courir au-devant des paroles !
>
> La langue en peu de mots en explique beaucoup.
> Les yeux plus éloquents font tout voir tout d'un coup
> Et de quoi qu'à l'envi tous les deux nous instruisent,
> Le cœur en entend plus que tous les deux n'en disent !

Après cet oracle du génie, elle n'hésite plus. Elle est fixée, et elle porte son projet de mariage jusque devant le Saint-Sacrement. Elle voit (un 2 mars) M. de Lauzun chez la reine. « Il aurait dû deviner, dit-elle, quand je passais devant lui, ce que j'avais dans le cœur pour lui, à la gaieté avec laquelle je lui parlais. » Mais comme Lauzun n'a pas l'air du tout de comprendre de dessous le respect dont il se couvre, elle invente de lui parler d'un mariage avec le duc de Lorraine et de lui en demander son avis…

Et c'est ici que la plus délicieuse comédie commence – c'est la comédie de l'amour. Elle veut être comprise, et lui – qui comprend bien – ne veut pas comprendre. Elle lui tend la glace qu'elle fend, pour qu'il achève de la rompre. Ce n'est plus qu'une faible et transparente surface, mais il ne la rompt pas… Il n'y pose pas même le bout du doigt qui, en la touchant, la romprait. Lauzun devient le plus gracieux, le plus profond, le plus impatientant Tartufe de respect qui fut jamais. La conduite de cet homme est un chef-d'œuvre. On en peut tirer des maximes générales et des axiomes pour se faire aimer des princesses. Seulement qui a maintenant des princesses à séduire ? Il y a des femmes qui ont le titre : mais des âmes princesses, il n'y en a plus.

Or, voici le premier axiome de l'adorable machiavélisme de Lauzun, car il est adorable de détails. Plus une femme fière, princesse d'âme comme de naissance, devient diaphane et tendre, plus on doit épaissir le respect et s'en envelopper impénétrablement.

Jamais Lauzun n'a manqué à cette loi, dans les tête-à-tête les plus enivrants pour un homme – vaniteux comme il l'était, – ambitieux – amoureux (peut-être l'était-il… Les libertins sont capables de tout, même d'aimer des filles de quarante-trois ans). D'ailleurs il y a dans la vanité surexcitée une inflammation qui ressemble diablement à l'amour. Diablement est le mot.

Il faut lire, dans les Mémoires de la Grande Mademoiselle, ces roueries du respect et ces roueries de la tendresse, fière et impatientée. Cette princesse, qui se soucie bien de la plume qu'elle tient, écrit des choses charmantes, comme n'en ont écrit que des écrivains de génie. C'est merveilleux de grâce voilée et de passion hypocritement montrée, – de cette passion qui veut qu'on la voie, mais qui ne veut pas se faire voir… Situation piquante ! Elle lui demande des conseils. Il lui en donne, – cherche avec elle qui elle pourrait bien épouser, – ne trouve pas, – lui donne l'idée de se jeter dans la haute dévotion, – la dévotion du temps. Il est d'un sérieux magnifique, cet homme qui voit bien qu'on l'adore. « Ce n'est pas que je ne conçoive, lui dit-il, qu'il ne soit ridicule de passer toute sa vie sans avoir pris un parti de quelque qualité qu'on soit. Lorsqu'on a quarante ans, on ne doit pas se laisser aller aux plaisirs qui conviennent aux filles depuis quinze ans jusqu'à vingt-quatre. Ainsi je vous dois dire ou qu'il faut vous faire religieuse ou vous mettre dans la dévotion. » Il approuve pourtant son dessein d'élever un homme jusqu'à elle, mais fait mine de profondément ignorer sur qui les yeux de cette femme, qui ne voit que lui, sont fixés.

Cependant Madame meurt (la duchesse d'Orléans) pendant cet amour de Mademoiselle pour Lauzun. Le roi parle de la remplacer par Mademoiselle. Mais l'ami du chevalier de Lorraine ne peut convenir à cette âme superbement femme, et le roi, qui sait le fond des choses, a honte de son idée et finit par y renoncer. Seulement Lauzun, lui, feint de croire, avec l'intelligence d'un diable qui connaît les femmes, que Mademoiselle désire ce mariage, et il le lui conseille… C'est alors que, n'y tenant plus, Mademoiselle fait l'aveu de son amour à Lauzun lui-même… ; mais à travers quels embarras et quelles pudeurs ! Cette fière fille a des enfances de cœur divines. Lui ne se départ point de son système. Quand il est parfaitement sûr qu'elle va tout lui dire, il ne veut rien entendre. Il la supplie de garder sa confidence.

« Il me répondit, dit-elle, que je le faisais trembler. Si, par caprice, je n'approuve pas votre goût, résolue et entêtée comme vous l'êtes, je vois bien que vous n'oserez plus me voir. Je suis trop intéressé à conserver l'honneur de vos bonnes grâces pour écouter une confidence qui me mettrait au hasard de les perdre. Je n'en ferai rien, et je vous supplie de ne plus me parler de cette affaire… »

Mais il savait bien comment embraser le désir, cet incendiaire ! Moins il veut entendre et plus elle veut dire… Un jour, parlant toujours de la même chose : « J'eus envie de souffler sur le miroir, raconte-t-elle ; cela épaissira la glace, j'écrirai le nom en grosses lettres afin que vous le lisiez bien. » Mais minuit sonne. C'est vendredi, un jour malheureux. « Ah ! fit-elle, je ne vous dirai plus rien. » Quelques jours après, elle cacha dans sa poche un papier sur lequel elle avait simplement écrit : « C'est vous ! » Mais elle ne veut pas le lui donner un vendredi. « Donnez-le-moi, dit Lauzun, je vous promets de ne l'ouvrir qu'après minuit. » Mais elle craint, elle hésite encore, quand le lendemain après dîner, il vient chez la reine, et alors elle écrit cette page ravissante dont les détails sont pour moi d'un charme inexprimable :

« Lorsque la reine fut entrée dans son prie-Dieu, je me mis seule avec lui au coin de la cheminée, je sortis mon papier ; je le lui montrais et après je le remettais dans ma poche et d'autres fois dans mon manchon. Il me pressa extrêmement de le lui donner. Il me disait que le cœur lui battait ; qu'il croyait que c'était un pressentiment, que j'allais lui donner l'occasion de rendre un mauvais service à quelqu'un, s'il désapprouvait mon choix et mes intentions. Cette manière de conversation dura bien une heure, mais nous nous trouvâmes aussi embarrassés l'un que l'autre et je lui dis : Voilà le papier. Je vous le donnerai à condition que vous me ferez réponse au bas de mon écriture. Vous y trouverez assez de papier, parce que mon billet est court, et vous me le rendrez ce soir chez la reine où nous parlerons ensemble. » Je n'eus pas achevé cela que la reine sortit pour aller aux Récollets. Je la suivis. Je priai Dieu de tout mon cœur pour lui demander l'accomplissement de mes desseins. Mes distractions furent grandes. Après être sorties de l'église, nous allâmes chez Monsieur le Dauphin. La reine s'approcha du feu. Je vis entrer M. de Lauzun qui s'approcha de moi sans oser me parler ni quasi me regarder. Son embarras augmenta le mien. Je me jetai à genoux pour mieux me chauffer. Il était tout près de moi. Je lui dis, sans le regarder : « Je suis toute transie de froid. » Il me répondit : « Je suis encore troublé de ce que j'ai vu ; mais je ne suis pas assez sot pour donner dans votre panneau. J'ai bien connu que vous vouliez vous divertir et vous défendre, par un tour extraordinaire, de me dire le nom de ce quelqu'un. Je n'aurai jamais de curiosité lorsque vous aurez la moindre répugnance à me faire quelque aveu. » Je lui répondis : « Rien ne saurait être plus sûr que les deux mots que je vous ai écrits, ni rien de plus résolu dans ma tête que l'exécution de cette affaire. » Il n'eut pas le temps de répliquer ou ne se trouva pas la force de soutenir une plus longue conversation. »

Encore une fois, de détails et d'accent, c'est incomparable.

V

Et c'est ici que le profond séducteur devient admirable, sataniquement admirable de plus en plus. Cette foudre de bonheur qui l'écrase n'ébrèche pas l'écaille de tortue, en hypocrisie, dans laquelle il s'est renfermé. Il est athée à ce que lui dit cette noble Éprise, qui a non pas retrouvé – car elle ne les a jamais eues – mais trouvé, dans un sentiment vrai, les grâces timides d'une fille de dix-huit ans ! Le c'est vous ! et tout ce qu'elle ajoute à ce terrible et délicieux c'est vous ! ne fausse pas une minute le masque d'incrédulité de Lauzun. Il lui dit « qu'elle se moque de lui », et elle répond avec bien plus de raison que c'est, au contraire, « lui qui se moque d'elle ». Les rôles sont intervertis. D'ordinaire, c'est l'homme qui persuade, et la femme qu'il veut persuader. La princesse ici est l'homme ; le cadet de famille, la femme... et quelle femme ! Célimène et Tartufe combinés ! Plus elle lui verse sur la tête l'éclat de son amour quasi royal, plus il se fait humble, plus il se rapetisse. Il semble dire à cette femme qui descend pour lui : Descendez, descendez encore. Absolument, l'heureux scélérat ! le contraire et la justification de sa devise : « Je vais le plus haut qu'on puisse monter ! »

Les faits de cette romanesque comédie – roman pour l'une, comédie pour l'autre – sont aussi jolis que la comédie elle-même. Tout y est. Dans cette cour presque espagnole d'étiquette, elle ose s'appuyer sur lui, quand elle se lève. Il prend ce temps-là pour lui remettre son papier qu'elle cache, comme une petite fille, dans son manchon, cette héroïne du faubourg Saint-Antoine, qui avait fait tirer le canon contre Louis XIV ! Il s'obstine toujours à ne pas croire, lui, mais un éclair a traversé le masque et elle le voit bien. « Il sera, dit-il, toujours soumis à ses volontés. » Ce n'est pas non, cela ! mais cela dit – ce qu'il était impossible de ne pas dire – le voilà qui s'abîme dans des respects à la rendre folle d'impatience ! Enfin il lâche le grand mot, – le mot humiliant : « Serait-il possible que vous voulussiez épouser un domestique de votre cousin germain ?... » C'est ainsi qu'il parlait de sa charge de capitaine des Gardes du corps.

Mais, comme il l'avait calculé, tout ce qu'il opposait de barrières à Mademoiselle la faisait sauter par-dessus. Elle demanda donc hardiment au roi la permission d'épouser M. de Lauzun. Chose qui stupéfie ! le roi ne s'y opposa pas. Il dit à Mademoiselle de bien réfléchir, de ne pas agir à la légère, etc. Mademoiselle souffre des temporisations qu'elle entrevoit au fond de cette réponse du roi et Lauzun défend le roi contre elle ! Il trouve que le roi a raison de lui dire de penser à une affaire qui ne lui convient pas, etc., etc. Le roi ne dit rien à Lauzun, il est gracieux pour lui et pour elle. Cela fait espérer Mademoiselle, quand un soir, chez la reine, Lauzun lui dit brusquement : « Il ne faut plus remettre à parler au roi. Vous lui direz si vous m'en croyez : Sire, les plus courtes folies sont les meilleures. Je viens remercier Votre Majesté des réflexions qu'elle m'a fait faire. Je ne pense plus à ce que je lui ai demandé. » Mais Mademoiselle, outrée, exaspérée, parle au roi, mais dans un autre sens, et avec quel tact, quel goût et quelle résolution ! (Voy. le VIe volume, page 24.) Le roi ne lui dit qu'une chose : « Je ne m'oppose ni à votre volonté ni à la fortune de M. de Lauzun, mais n'agissez qu'après réflexion. » C'était consentir. Toute la cour apprend cette chose renversante : le mariage de Mademoiselle ! Lauzun a la tenue modeste, presque rougissante, d'un homme épousé comme une jeune fille. « J'ai besoin de toute ma raison, dit-il, pour m'empêcher de perdre la tête. » Quand, le contrat de mariage dressé, tout prêt pour la cérémonie, Lauzun, toujours le Lauzun d'une logique d'humilité insupportable, dit encore à Mademoiselle : « S'il vous prend le moindre dégoût lorsque vous serez devant le prêtre, je vous prie de tout mon cœur de tout rompre ; » et Mademoiselle répondant : « Vous ne m'aimez point. — C'est ce que je ne dirai (fait-il) que quand je serai sorti de l'église. J'aimerais mieux être mort que de vous avoir fait connaître avant ce temps ce que j'ai dans le cœur pour vous... », voilà qu'une immense et subite tristesse tombe sur le cœur, sur le grand cœur de cette fille heureuse ; elle se met à pleurer, sans savoir pourquoi, dit-elle, et, le lendemain, le mariage est rompu par le roi !

VI

Je n'ai à m'occuper ici que de la façon supérieure dont Lauzun a mené sa séduction de Mademoiselle. Il a exécuté la chose comme le plus grand artiste en séduction qu'on ait jamais vu. J'ai cherché vainement dans sa conduite une faute, un oubli, une distraction. Il ne fallut rien moins que la volonté de Louis XIV pour renverser ce chef-d'œuvre de Lauzun, et encore Louis XIV, qui ne fut plus Louis XIV dans cette affaire, car ce roi, qui passait à juste titre pour être le plus honnête homme de son royaume, s'y conduisit ou avec la plus grande faiblesse ou avec la plus grande duplicité. Entouré, travaillé, tiraillé par la coterie de Monsieur, la belle-mère de Mademoiselle et sa sœur qui avait épousé un de Guise, céda-t-il misérablement, après avoir donné son consentement à Mademoiselle, ce qui serait un manque de parole ? ou l'a-t-il trompée, ce qui serait un mensonge et tout à la fois une cruauté ? Dans les deux cas, Louis XIV est petit et presque malhonnête. La seule raison qu'il donna à Mademoiselle, désespérée, et qui fut très éloquente et très pathétique à ses pieds, ce fut la soi-disante opinion des cours de l'Europe. Raison lâche que Mademoiselle traita vaillamment de honteuse… Il fut inflexible à ses larmes, mais il pleura, en la refusant. Quand les tigres nous dévorent, ils ne pleurent pas, et quand les crocodiles versent des larmes, c'est pour nous attirer. Ces larmes de Louis XIV flétrissent sa grande physionomie, et elles restent incompréhensibles, si elles ne sont pas déshonorantes…

Le désespoir de Mademoiselle fut tragique. Lauzun pleura pour la désespérer davantage. Il y avait sans doute aussi de la vérité dans ces pleurs. Comment n'aurait-il pas pleuré ? Boabdil pleura sur sa ville. Le roi, toujours odieux, vint chez Mademoiselle, voulut la consoler, l'embrassa, lui tint longtemps la joue contre la sienne et Mademoiselle eut la hardiesse de lui dire : « Vous faites comme les singes qui étouffent leurs enfants dans leurs caresses. » Mot qui valait presque, en audace, son fameux coup de canon !

Mademoiselle prit le parti dans son angoisse de ne plus paraître à la cour. Eh bien ! ce fut Lauzun qui l'y repoussa et qui lui dit que c'était mal de se tenir si longtemps éloignée du roi. Quand elle rencontrait Lauzun, elle pleurait et criait, n'importe où elle fût. L'homme d'acier qui se servait de son acier pour déchirer davantage ce cœur de princesse, dans l'intérêt de la passion qu'il lui inspirait, alla jusqu'à lui dire : « Si vous continuez ainsi, je ne me trouverai jamais où vous serez. Je resterai dans ma chambre... » Et elle n'osait plus, dit-elle, pleurer devant lui !

Après la rupture du mariage, le roi donna un gouvernement à Lauzun, ce qui fit dire à Mademoiselle : « Je ne serai jamais contente de ce que le roi fait que lorsqu'il m'aura donnée à vous. Jusque-là je me trouverai insensible à toutes vos élévations. » Son mariage rompu, Lauzun affecta de négliger sa toilette, ce qui ajouta au chagrin de Mademoiselle, mais il exigea qu'elle soignât la sienne, malgré l'affliction dont elle maigrissait. Elle l'aimait avec l'idolâtrie physique sans laquelle il n'y a pas d'amour. (Voir l'histoire charmante du ruban rose à la cravate de Lauzun, à la revue de Flandre, page du VIe volume des Mémoires.) Même après la rupture, la malheureuse ne fut jamais au bout des cruautés inouïes avec lesquelles Lauzun s'attachait, comme avec des clous, ce cœur envoûté par lui. Un jour, le bruit courut qu'elle allait épouser le duc d'York. Il alla chez elle et lui dit : « Si vous voulez épouser le duc d'York, je demanderai au roi de m'envoyer en Angleterre négocier le mariage. » Elle lui répondit sublimement ; « Rien qu'à vous ! » Il se jeta à ses pieds du coup de ce mot et y demeura sans rien dire. « Je fus tentée de le relever, dit-elle, mais je surmontai cette envie..., et il se releva seul et s'en alla. » Il partit pour les Flandres, affectant d'oublier de dire adieu à cette femme dont il emportait la vie. Elle le lui reprocha, « mais, dit-elle, je voulais me fâcher contre lui, je le voyais et je n'en avais pas la force ! » Réellement, elle était envoûtée : « J'étais quelquefois, reprend-elle, en disposition de le gronder et de me plaindre, mais il m'en ôtait l'envie par des manières que je ne saurais dépeindre, tant il les a singulières ! » Toujours la singularité !

toujours le Dandysme !

VII

Je le répète, je n'ai eu à m'occuper aujourd'hui que de cette séduction de Lauzun, qui est une chose à part dans l'histoire des séductions humaines. Je n'ai donc pointa parler de son arrestation et de sa mise à Pignerol… Mademoiselle resta séduite jusqu'à son dernier jour. Le mépris même que plus tard elle eut pour Lauzun ne put rien contre son ascendant. Il sortit de Pignerol. Il alla à Bourbon, puis à Amboise, puis enfin revint à la cour. Il revint sans masque. Il n'espérait plus le mariage et la séduction était accomplie. Il se montra tel qu'il était, joueur, libertin, hypocrite de dévotion, cupide, sans fierté et sans reconnaissance pour Mademoiselle, à l'instant où il la trompait et s'encolérait contre elle. Tout cela est hideux. Mais quelle puissance ! Mademoiselle voit tout, sait tout, « mais j'en avais trop fait, dit-elle, pour ne pas achever ce que j'avais commencé ».

C'est la fatalité de l'orgueil dans l'amour. Elle l'acheva. Louis XIV permit à la fin le mariage secret, mais à quel prix ? Au prix de la moitié des biens de Mademoiselle, cédée à l'un de ses bâtards ! Hélas ! il continuait, dans cette histoire de Mademoiselle et de Lauzun, de n'être plus Louis XIV. Les Mémoires ne vont pas jusque-là. Ils s'interrompent brusquement, comme de honte ! Mais le lecteur entend déjà dans le lointain le mot qui traversera les siècles : « Henriette de Bourbon, ôte-moi mes bottes ! » dit à la cousine germaine du plus fier roi qui ait jamais existé.

Avouez que cette histoire, qui n'est qu'un épisode de l'histoire d'un Dandy anticipé, est aussi passionnante que les romans les plus inventés de ce temps ! et qu'elle a plus d'intérêt que l'analyse d'aucun d'eux !